生有热爱

央视新闻 编著

金城出版社
GOLD WALL PRESS

中国·北京

图书在版编目（CIP）数据

生有热爱 / 央视新闻编著. — 北京：金城出版社有限公司，2024.3
ISBN 978-7-5155-2450-4

Ⅰ.①生… Ⅱ.①央… Ⅲ.①中国文学－当代文学－作品综合集 Ⅳ.① I217.1

中国国家版本馆 CIP 数据核字 (2023) 第 000161 号

作品版权归属于中央广播电视总台
许可金城出版社有限公司出版发行中文（简体）版纸质图书

生有热爱

编　　著	央视新闻
责任编辑	岳　伟
文字编辑	王博涵
责任校对	马　博
责任印制	李仕杰
开　　本	880 毫米 ×1230 毫米　1/32
印　　张	8.25
字　　数	158 千字
版　　次	2024 年 3 月第 1 版
印　　次	2024 年 3 月第 1 次印刷
印　　刷	小森印刷（北京）有限公司
书　　号	ISBN 978-7-5155-2450-4
定　　价	59.80 元

出版发行	金城出版社有限公司　北京市朝阳区利泽东二路 3 号　邮编：100102
发 行 部	(010) 84254364
编 辑 部	(010) 64391966
总 编 室	(010) 64228516
网　　址	http://www.jccb.com.cn
电子邮箱	jinchengchuban@163.com
法律顾问	北京植德律师事务所　18911105819

序言

敬一丹

夜,读,这两个字在一起,让人想到灯,想到书,想到忙碌喧闹之后终于静下来的气氛,想到独处中渴望与文字交流的心情,于是,夜读,就有了画面感,有了意境。

我与《夜读》有超过十年的缘分。

那是2013年的一天,在中央电视台新闻中心,遇到编辑李伟。

他说:"敬大姐,帮我们录首诗啊?"

我问:"在哪用啊?"

他说:"在央视新闻《夜读》。"

我那时不太明白,这是怎样一个平台,只知道,是个新媒体节目。那时,传统"电视人"看新媒体的目光,有点儿像当年资深"广播人"看新起的"电视人"。走进录音间,李伟把话筒挪开,把手机放在我面前。

"啊?用手机录啊?"

"可以的,我们就是用手机录。"

"能行吗?你们新媒体真任性!"

于是,有了我与《夜读》的第一次合作。那次,我没有录诗,我带去朱伟先生的书《微读节气》，读了其中的一段。在《夜读》里推出时，一听，还行，并没有我担心的"业余"味道。我在电台、电视台的话筒前工作了三十多年，一直觉得在话筒前说话是个挺郑重的事儿，没想到，手机瞬间就把话筒替代了。

过了一个节气，李伟又来了："再读一段呗！"于是，一个一个节气读下来，后来我终于学会自己用手机录音，读完了朱伟的，读宋英杰的，又读申赋渔的……惊蛰、小满、霜降、冬至，一年又一年，读了十年。这十年，每半个月，我读一次节气，不疾不徐，绵绵不断，这个节奏对我来说正好，我享受着夜读中的春夏秋冬，体会着二十四节气里的智慧，吸收着人类非物质文化遗产的营养，分享着静夜里的柔光。

《夜读》越来越丰富，越来越成熟，后来听说，李伟被更年轻的编辑们叫作"伟叔"了，新媒体涌入了一拨拨年轻人，《夜读》也是年轻人在操持着。我们之间都是手机交流，没怎么见过面，我把录音发给他们，那只是简单的素材，然而当作品推出时，有文有图，有声有色，从他们的编辑作品中，从作品的格调中，我猜想，他们是文青气质的,若璐她们这些女生,该是白衣长发那种吧?

　　媒体生产出的新闻作品,很多是易碎的,硬的内容,快的时效,当时再有影响,过后,影响也会衰减。而在央视新闻这样的平台上,《夜读》的很多作品是有恒久的生命力的。同样的内容,出现在新闻节目里,多半是平实硬朗的风格,而出现在《夜读》里,往往更有温度,更柔软,更细腻。比如,我在主持《感动中国》时遇到的年度人物,也会出现在《夜读》里,不同角度的呈现,让樊锦诗、张桂梅、郎平的形象在我心里更加立体丰满。

　　《夜读》是文艺的,也是生活的,在那些美文里,能感受到地气,能摸到脉搏。小屏大视野,有风雨,有彩虹,有欣喜,有迷茫,读出各种感受的时候,会有一种彼此懂得的会意。这感觉,有点儿像年轻时看《读者》。

　　毕竟是新媒体,《夜读》的互动有着独特的价值,那些留言,引发了多少思绪,带来多少共鸣!这种交流有着鲜明的时代感,用心读,可以读出好多意味,可以获得好多启发。

　　《夜读》可读可听,我逐渐习惯了小屏碎片式传播,遇到喜欢的内容，就收藏起来，我隐隐有这样的愿望：要是能把精品内容集中起来出本书就好了。

在《夜读》十年之际，我们看到碎片集结成书。这书，让我看到传播的链条：曾从纸页上精选的文字，转换了方式，在新媒体上传播，再由新媒体回到纸上。介质变了，而内容的选择依然体现着编者的价值观，依然透露着编者的审美倾向。

把这书放在案头枕边，让书香伴着生活。

目录

第一章

热爱终抵，岁月漫长

如果爱，你能用一生去证明吗	003
一位故宫大匠的 7000 天	011
希望你不是最后一个认识她的人	017
失去的一切，我都要拿回来	029
我无比确定，读书真的可以改变命运	041
愿你耄耋归来，依然有梦可倚	049
不想努力时，你就想想他	062

第二章
名若弦歌，不绝于耳

她，比烟花还寂寞	072
她的故事，仍可温暖你的灵魂	083
一位演员的独白	092
青年啊，你就该去闯！就该执着地活！	103
12月13日，祭她以鸢尾花	112
风在吼，马在叫，黄河在咆哮	122
命运把我放在哪里，我就落在哪里	131
鲁迅：这些话我真的说过	141

第三章

凡而不庸，人间值得

有一个想家的故事，很想讲给你听	152
终于被看见的天才译者	160
我们所在的，是一个很好很好的人间	167
图书馆里的"拾荒者"	175
生命之火，生生不息	181

第四章

我有国土，举世无双

袁爷爷，我们想您了	188
不老传奇，传奇一生	200
一个不该如此冷门的名字	213
不设限的人生，可以有多精彩	221
北京大学里的奇女子	230
被遗忘的国家任务	238

后记	249

第一章 ——

热爱终抵,岁月漫长

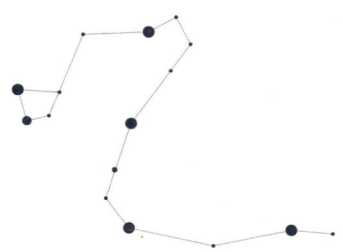

如果爱,你能用一生去证明吗

这是一场跨越整个青春的异地苦恋,也是一场跨越半个世纪的文化苦旅。他们不仅以一生谱写了一段旷世奇恋,还用一生守住了中华文明的千年敦煌。如果你"再也不相信爱情了",请务必读一读他们的故事。

初遇敦煌

故事要从半个世纪前说起,1962 年,北京大学考古系学生樊锦诗,第一次来大漠之边的敦煌莫高窟实习。

她至今记得与敦煌初见时的情景:"看一个窟就说好啊,再看一个还是好啊。说不出来到底有多大的价值,但就是震撼,激动。"然而,对于生在北京、长在上海的樊锦诗来说,现实的条件同样"震撼":住土房、吃杂粮,没有水、不通电,卫生设备匮乏。身体羸弱的她因为水土不服、营养不良,只得提前结束实习。

"离开了就没想再回去,这是真话。"但世事难料,到毕业分配时，敦煌研究院来北京大学要人，与樊锦诗当年同一批的四个实习生都要。心疼女儿，樊锦诗的父亲给北京大学写了一封厚厚的信请求改派，要女儿转交给学校领导。可这封信，她始终没有交出……

同样学考古，同样爱钻图书馆，当时，她正在与一个来自河北、朴实得"一塌糊涂"的同学相恋。"不是说好了一起走，你为什么要去甘肃？"因为自己这个"荒唐"的选择，面对恋人彭金章，她有点恍惚。

可是，这里真美呀！佛像威严，飞天优雅，时光仿佛在这些洞窟里停滞了，精美绝伦的壁画和塑像历经沧桑依然灵动，充满神韵。她伫立在一幕幕壁画前，几欲醉倒。

樊锦诗说："我给自己算了次命，我的命就在敦煌。"中学时读到一篇介绍莫高窟的历史课文，虽不长，却深深打动了她，她那时怎知，与敦煌冥冥之中的缘分，一切早已注定。

又见敦煌

"炕是土的，桌子也是土的，坐的凳子全是土的。房顶是纸糊的，半夜会有老鼠掉在炕上。"毕业一年后，在武汉大学工作的彭金章来敦煌看望恋人樊锦诗，发现她也变"土"了。

樊锦诗曾与彭金章在毕业时约定，自己在敦煌"玩"三年，把壁画、彩塑看个遍，就奔向武汉，两人成家。

"开始我也没想在敦煌待一辈子，可能是命中注定吧，就得待着。待得越久，越觉得莫高窟了不起，是非凡的宝藏。"与恋人"三年即返"的相约期满后，樊锦诗却食言了。

幸好，他们的爱经住了考验。1967年，樊锦诗与彭金章结婚，一个在敦煌研究院，一个在武汉大学，开始了长达十九年的"四地"分居生活。"一家人常常分作三处或四处，武汉、敦煌，孩子要么在上海，要么在河北老家。"

大儿子出生未满月，樊锦诗就上班了，孩子没人带，只好锁在宿舍，趁吃饭间隙回去喂点吃的。好几次跨进屋门，孩子已从床上摔下来，嗓子也哭哑了。情急之下，樊锦诗就用绳子把孩子拴在床上，一直拴了七个月。每次走近家门听不到小宝贝的哭声，她的心就会揪起来："孩子会不会被绳子勒死了？"

二儿子出生后，她将大儿子托付给姐姐照顾，等她再去接孩子已经是五年后。那时，她已经认不出自己的孩子，而儿子也不知道叫妈。

"拉锯战"打响了。当时彭金章在筹建武汉大学考古专业，有自己的天地，期待樊锦诗来协助。樊锦诗不依，她放不下莫高窟，反问道："你为什么不来敦煌？"武汉大学三次到敦煌要人，敦煌"以礼相待"，也三次到武汉大学要人，结果双方"不欢而散"。

戏剧性的一幕发生在1986年，樊锦诗的领导终于点头放她走，她却犹豫了，正值敦煌申遗，樊锦诗日夜准备申请材料，"反正我不走了！要不，你来吧！"她对丈夫任性了一回。

为了成全妻子的事业，彭金章"投降"了。他离开工作了23年的武汉大学，放下了自己一手建立的考古专业，来到敦煌当"女婿"，与爱人一起守护敦煌。

这一年，樊锦诗48岁。在结婚19年之后，他们一家终于在敦煌团聚了。樊锦诗说他是打着灯笼也难找的好丈夫。

情系敦煌

到了敦煌后，1988年到1995年，彭金章主持了敦煌莫高窟北区的6次大规模考古发掘。他和团队成员几乎用筛子筛遍了北区每一寸沙土，筛出了莫高窟唯一一枚波斯银币、48枚回鹘文的木活字，以及木经书残片、泥佛等70000余件文物。

他们还确知北区崖面现存洞窟248个，使莫高窟现存洞窟总数增至735个。同时，证明了北区并非先前认为的画工窟、塑匠窟，而是僧人居住的生活窟、行僧的禅窟，与南区一起构成完整的莫高窟。这一来，填补了考古学领域的诸多空白点。

回忆起北区地毯式的清理工作，彭金章苦哈哈地管自己叫"泥人"："眉毛眼睛上都是土，鼻子擤出来是黑的，口罩一天换几个都是黑的，咳个痰也是黑的。"

莫高窟，世界上现存规模最大、保护最完好的佛教艺术宝库，这里有太多消失了就再也难以复制的国宝。国力薄弱的年代，这里的宝藏曾被各国掳掠，惨遭浩劫。

新中国成立后，虽然文物得到了更好的保护，但由于风沙水害的侵蚀和游客带来的人为损害，莫高窟正快速走向消亡。如果不"逆着天"加紧进行保护留存工作，这座风沙中的国宝佛宫，将在几百年后消失不见。

樊锦诗依稀记得初见敦煌时，"灿烂的阳光，照耀在色彩绚丽的壁画和彩塑上，金碧辉煌，闪烁夺目。整个画面，像一幅巨大的镶满珠宝玉翠的锦绣展现在我们面前，令人惊心动魄。"这么珍贵而脆弱的艺术如何才能"活"得更久？

1998年，樊锦诗成为第三代敦煌"掌门人"。"我躺下是敦煌，醒来还是敦煌。"对它有深深的爱，就会想尽一切办法保护它。一个偶然的机会，她接触到了电脑，且产生了一个大胆的构想，要为每一个洞窟、每一幅壁画、每一尊彩塑建立数字档案，利用数字技术让莫高窟"容颜永驻"。把"她"完完整整地传下去，是她这一辈子要做的最重要的一件事。

在樊锦诗推动下，2016年4月，"数字敦煌"上线，30个经典洞窟、4.5万平方米壁画的高清数字化内容向全球发布，网站还有全景漫游体验服务，轻点鼠标，镜头就会跟着鼠标移动，游客在电脑前，就宛若在石窟中游览一般。网友还可以通过全息影像技术看到整个石窟的全景。这一年，樊锦诗已78岁。

季羡林先生曾将樊锦诗对敦煌的贡献赞为"功德无量"。在敦煌研究院的一面墙上，写着这样一句话：历史是脆弱的，因为她被写在了纸上，画在了墙上；历史又是坚强的，因为总有一批人愿意守护历史的真实，希望她永不磨灭。

史学大师陈寅恪慨叹过："敦煌者，吾国学术之伤心史也！"这"伤心史"，经一代又一代中国学人的不断努力，终于扭转。

不老敦煌

2017年春，樊锦诗做客中央广播电视总台《朗读者》节目。节目组之前邀约，她以工作忙和不喜欢接受采访为由，拒绝了好几次。直到有一天导演特别惊喜地传达，樊院长愿意来了！她怎么就答应了呢？原来是爱人老彭喜欢看这个节目。樊锦诗说："他在电视里看见，可能高兴。"

2017年7月29日，彭金章辞世。前一晚，一场音乐节在敦煌举办，焰火照亮整片沙漠，像是一场告别。遵其生前遗愿，敦煌研究院对各界均未发讣告，一切从简。

彭金章用三句话形容他们的爱情：相恋在未名湖，相爱在珞珈山，相守在莫高窟。这是一场跨越整个青春的异地苦恋，也是一场跨越半个世纪的文化苦旅，他们不仅以一生谱写了一段旷世奇恋，还用一生守护住了中华文明的千年敦煌。

此刻，老一辈的莫高窟守护者，回过头来凝视着古老的敦煌。

面对漫天飞沙的大漠，他们以一份矢志不渝的坚守，刻出了千年莫高风骨。

岁月倏忽而逝，相对于千年敦煌，人的生命是那么短暂。然而，从青春年华到鬓染霜雪，最后埋骨沙丘，短暂生命间，茫茫大漠间，艰难苦辛、筚路蓝缕的敦煌人，却留下了无尽的温情。

本文参考资料：
新华社、中国青年网、樊锦诗《我心归处是敦煌》等。

一位故宫大匠的 7000 天

匠之大者，入则独善其身，出则技惊四座，为往圣继绝学，为世人缮一城。素日隐匿一隅，勤勉练习技艺。然逢伤必出，遇残必追，待一次修缮功成，便收鞘掸尘而去。

故宫不故，丹宸永固。故宫这座中国明清两代的皇家宫殿，连同收藏于其中的诸多文物，今时今朝仍芳华不减，离不开那些在宫里从事文物修复的匠人们。

显与隐

逛故宫，是一件"颇费眼力"的事。因为你走到哪里，眼睛就被粘连在哪里，脚步就被钉在哪里。故宫，以其故显其尊，以其宫显其贵。凡是倾心于故宫的，无不为其美轮美奂的古建筑所震撼。

举头，宫殿屋檐的脊兽正与孤云啼鸟闲话。

不必回头，随"御猫"，徜徉行，穿过的一座座殿宇，各得其名，各显其华彩。

哪怕漫不经心一瞥，巧夺天工的斗拱飞檐，也令你忘了上一眼究竟落在琉璃影壁前还是鱼跃海棠处。

更别提登高望远之后，那尽收眼底的金碧辉煌和气势雄壮。

春荣，夏盛，秋繁，冬谧，举世之美，美在一时，已是轰动。

更何况，它就这样美了六百年。

六百年，沧海桑田，日新月异，唯故宫不曾黯然，声名照旧显赫，仰赖的就是一代代故宫工匠悉心的修缮与呵护。

故宫的修缮技艺部位于故宫的外西路。这里原是内务府造办处，制造皇家御用品。清代鼎盛时期，造办处下设二十四个工坊，全国的能工巧匠荟萃于此。这里沉寂过，萧瑟过，而今，能工巧匠再会于此。

2001年夏暑，张奉兵手里拢过的还是新收割的麦子。秋还未凉，他便欣欣然追随施工队从河北田野来到"皇上住过的地方"，手里握着的已是修缮古建用的油画笔。

原计划待两三个月，在故宫参与的工程施工结束就走人，可一时的新鲜劲儿过去了，接下来擒住他的是一世的痴迷，对故宫传统营建技艺的痴迷。这一待，已逾二十年，七千多个日夜。

自言幸运的张奉兵，如今已是故宫第四代工匠，以古建筑营造技艺"八大作"中的油漆作、彩画作和裱糊作见长。今日游客目之所及的慈宁宫、寿康宫、奉先殿、武英殿、珍宝馆、钦安殿、御花园……无不藏着他与同事们专注而未轻易为外人所见的心血。

赶上了2002年开工的故宫"百年大修",又赶上了紫禁城六百岁生辰,张奉兵和同事们早已把一份无价的格外显眼的生辰贺礼呈上:以一整个青春保故宫盛世美颜不改。

静与动

云水无声,落地成雨。工匠无声,落笔生花。

看张奉兵与师弟师妹们工作,是一件特别治愈的事情。心,须得毫无杂念;手,不得片刻放松。那是动与静的完美结合。静,就一心只问修缮事,静他个水波不兴;动,就双手只行修缮功,动他个不知归去。

现在,无论是挥着棕刷在承乾宫进行裱糊工作的张奉兵,还是捏着画笔在造办处描绘宫殿天花的张奉兵,都静得如他守了逾二十年的城,世事如何喧闹,我自岿然不动的城。

刚进宫时的张奉兵,不过23岁,尚未意识到自己在故宫从事修缮的价值和意义所在,也少了"科班"训练。他第一次被师父张世荣"呲儿",是在草草完成一个匾额的修缮之后,自以为有模有样,能大体过关,没想到当头就是一喝:"你这完全不是我们故宫的工艺流程,你这不整体瞎干吗?"这顿训斥,令本就内敛的张奉兵无地自容,如今回忆起,也是师父对他说得最重的话。

那什么才是"我们故宫的工艺流程"?不在"结果",而在"每一步"。精细的每一步,都是在为下一步打基础。这便是"洗心革面"的张奉兵从师父修缮时精心对待的每一步中学到的。

故宫,集历代宫殿建筑之大成,我国古代宫殿建筑的登峰造极之作。在建造维修过程中,形成了一套完整的、形制严格的"官式古建筑营造技艺"。

这套涵养了一代代工匠的营造技艺,是被列入国家级名录的非物质文化遗产,包括"瓦木土石扎、油漆彩画糊"八大作(即:瓦作、木作、土作、石作、搭材作、油漆作、彩画作和裱糊作),其下还细分了上百工种。从选料、用色到宫殿各部位的做法、施工工序,都有严格的营造则例要遵循。工艺严谨,做工精细,保证了故宫古建筑数百年间始终魅力不减,也直接影响到中国整个古建筑营造技术的审美与走向。

张奉兵说,他有"两位师父"。张世荣师父已经60多岁了,口传心授,谆谆教诲,毫无保留地将一己技艺教授给了他。"要想学好一门手艺,必须先学做人。人,一定要做好。"这一句他一生奉行不忘。还有一位,是无言之师,真真600岁了。天地之间,它,静谧而盛大地展示着无与伦比的美与妙,只待有心人去俯身去聆听,去描绘去传承。

变与执

师父张世荣临退休时，语重心长地跟他交代："重任就放在你们这一代人身上了。"但是已逾不惑之年的张奉兵尚未觅到与自己结缘的徒弟。要年轻人耐得住寂寞，坐得住冷板凳，承得住脏、累、苦，是不是对他们太具挑战了些？张奉兵想起，自己当年进宫时，手机还只是个通话工具，游戏都没有，现在的"诱惑"与选择就多了去了，不然留下来的师弟师妹也不会寥寥数人。而留下来的，必定是真正热爱的。

张奉兵的儿子今年刚考上大学，报了编导专业，他尊重儿子的选择，也留了一丝安慰给自己。"他要喜欢咱传统的技艺，到时候上完学以后再来接受这种教育也不迟。"

他自己，难道自始至终没有动摇过吗？一守就是二十余年，对张奉兵来说，意味着什么？"这二十余年当中，我在故宫学到的东西是在外边学不到的。"这是他的"定心神针"。令他痴迷的，果真还是故宫，那"仰之弥高，钻之弥坚"的技艺，那与他朝夕切磋的同仁，那一砖一瓦一草一木，他都太有感情了。

工匠精神之于张奉兵，就是"做好本分的事"，绵绵用力，久久为功。择一事，终一生，他说："今后也打算就这么干下去了。"

我们会老去，故宫永远不会。因为永远有张奉兵这样的无名匠人，甘心以自己的一生护它周善完美，哪怕陪它走的只是一程。

泱泱六百年，须臾二十余载。一生光景，愿付一瞬。不问自己芳华的匠人，以至诚至纯之心和至善至美之技成就了故宫六百年芳华不减。

故宫，是木砖瓦石的堆砌，更是层层心血与青丝年华的堆砌。单霁翔说："将壮丽的紫禁城完好地交给未来，最能仰仗的便是这些默默奉献的匠人。故宫的修护注定是一场没有终点的接力，而他们就是最好的接力者。"

城墙外，人潮起落，白驹过隙。

城墙内，匠人，以其"技"修缮故宫，以其"执"修缮人心。

是谓：得匠人者，得故宫。得匠心者，得天下。

遂有：故宫不故，丹宸永固！

希望你不是最后一个认识她的人

感谢挡在女孩子们身前的人，托举起无数可能摇摇欲坠的人生。之前只道守护神是个传说，如今都有了真实可感的模样。

"从来如此，便对吗？"

云南丽江，某一个芳草连天的小山村，披着余晖的女孩坐在山坡上歇脚，身旁放着镰刀，箩筐里装满一天的劳作，她一言不发，望着到不了的天际发呆……这幅画里，不全是我们向往的诗与远方。

不出意外，女孩不久就会成为操劳的妻子，接着是操劳的母亲、操劳的老太太……如她的祖辈那样，生于斯，长于斯，眠于斯。

可就是有那么一天，这个"意外"来了。在当地县城教书的一位老师，为这样一位素不相识的女孩停车驻足。老师上前，

俯下身来，问女孩怎么了。"我想读书，可家里穷，要让我嫁人。"女孩哭了。

"我想读书，可家里穷，要让我嫁人。"一句话，引燃一个踽踽独行理想滚烫的人生。

这位老师，叫张桂梅，今年67岁，脸色蜡黄，眼角永远挂着悲伤似的，走起路来也如风中之烛，着实羸弱。一没健康，二没家庭，三没财产，她，唯有一身"逆骨"。

她明明可以……

"逆骨"之逆，在她明知不可为而为的倔与痴。

"逆骨"之骨，在她深及骨髓至死方休的信仰。

关于她的六个"明明可以"，读到唏嘘不已。

她明明可以沾沾自喜，却全然不知满足。

坐落于云南丽江华坪县的华坪女子高级中学，在当地可是饶有名气。不仅因为这所学校是全国第一所全免费的公办女子高中，令人咋舌的，还有它的升学率——2019年高考，华坪女高118名毕业生，一本上线率达到40.67%，本科上线率82.37%，排名丽江市第一。

华坪女高的创始人、校长，就是张桂梅。

"这样的成绩满意吗?"记者问。

她已经不像前年那样"气急败坏"了,说:"不满意,我想让孩子们全部上一本。"不仅如此,她还想让她们去摘触手难及的星:清华北大。"我想让山里的孩子,也能走进最好的学校。"

其实在2008年华坪女高建校伊始,大家对这所学校女孩子的期待是,能读上职大就可以了。张桂梅斩钉截铁回道:"不干!"在她想来,要是目标仅仅是职大,那这所高中还有什么存在的意义?

她是有野心的。

她明明可以代她们"卖惨""博同情",却闭口不愿刻意提及那两个字。

那些因为家庭一贫如洗,因为"读书无用""重男轻女"的观念,求学生涯在初中毕业之后戛然而止的女孩,张桂梅和她身后的华坪女高像个"霸道总裁"一样,说服女孩的亲人,不索半分钱,一一接手。

华坪女高,招收的主要就是完成九年制义务教育后无法继续读书的山区女孩,是不是可以简单地称其为"给贫困山区的女孩专门上的高中"?

张桂梅拒绝了"贫困"这个词,不是"好面子",而是出于一种很少有人会顾及的考虑。

"我们就没提贫困两个字。我觉得'贫困'对女孩来说,也是一种隐私。我们就叫'大山里的女孩儿'。"生而为人，没有谁甘愿贫穷，贫穷可能是一时的，可如果贫穷的人不被善待，那心理阴影就会是一辈子的。所以，张桂梅说，贫困也是一种隐私。一位网友说，她给的不仅仅是教育，还给尊严。

她明明可以体面下去，却偏偏自取其"辱"。

2001年，华坪儿童之家成立，捐助方指定让当时在华坪县民族中学任教的张桂梅兼任院长。儿童之家收养的孩子中，一部分是被遗弃在福利院门口的健康女婴，无儿无女的张桂梅便成了她们的"妈妈"。

这样的经历让张桂梅萌生了一个想法：筹建一所免费女子高中。

如果梦想太疯狂，那就为之疯狂一把，哪怕像个乞丐一样！

2002至2007年，这五年的寒暑假，如果你在丽江街头，可能会遇到这样一个"骗子"，她凑上来，热切地跟你讲："你看我想办一所学校，你能不能支持我五块十块？两块都行！"

若你眼里有些迟疑，她一套自证"优秀"和"靠谱"的证件就递上来了，什么优秀教师奖状，关于她的新闻报道，还有身份证都在其中。

运气好的话，她会"化缘"化来几块钱，运气不好，就是一顿羞辱。"骗子！好手好脚你不干活？！""戴个眼镜，你还出来骗钱花？！"

她呢，就讪讪走开了。作为优秀人民教师的体面呢？为了这疯狂的梦想，碎了一地。五年下来，不过筹措到一万多元，远远不够开办一所学校需要的资金。

转机，在她一度想"对不起父老乡亲"、想放弃时出现了。

2007年，张桂梅当选党的十七大代表，到北京开会前，县里知道她没钱，给她特批了一笔"置装费"，她却把这钱给学生买了电脑。当时一位细心的记者发现，张桂梅穿的牛仔裤居然破了两个洞，于是开始报道她的故事，张桂梅和她的"免费女子高中梦"就此传开了。

丽江市和华坪县各拿出100万元，帮助张桂梅办校。2008年9月，华坪高中正式开学，教师工资和办学经费均由县财政保障，学校建设由教育局负责。

疯狂的梦，终于开始照进现实。

她明明可以"妥协""折中"，却偏偏一意孤行。

起先，包括此时，也有人质疑：什么年代了，她还硬性地把男女分开？张桂梅给的回应是，你们说的有道理，但我不服气，你们越说我越想干。

为什么只能是女孩？她深信不疑——"女孩子受教育，是可以改变三代人的"。

张桂梅想解决的是"低素质母亲—低素质孩儿"的恶性循环，阻断贫困代际传递。

她在《面对面》节目中，给记者讲了这样一个事。

一次学生家访时,她发现一位母亲将自己上高三的女儿留在家里干农活,把上初中的儿子送去县城补习。当时她就气不打一处来,毫不客气地质问那位母亲:"你脑子有病啊,你姑娘要高考的,你不送她补习,反而送儿子去补习?"

"他是儿子。"

那位母亲的一句回答,令张桂梅一时语塞。

后来,再回忆起这一幕,张桂梅说:"再难,我觉得我办这个女高都是对的,就算把命搭上都应该的。"

像是个行走在丽江大山里的侠客,哪里有不平哪里就有她。她就这样,孑然一身,剑指传统的、落后的、蒙昧的观念。因为"重男轻女"几近断送前途的女孩子,她解下披风,护其往后余生,推其走上截然不同的人生道路。

她明明可以有所保留,却奋不顾身全情投入,甚至如她所述"把命搭上"。

并不夸张,华坪女高的每一个女生,都有可能是她身后那片大山的全部希望。

对于孙女上了高中这件事,一位学生的爷爷奶奶说:"我们可以放心地死了。"因为他们的孙女,是十里八乡中第一个高中生。

心气极高的张桂梅对学校的老师说:"好不容易人家把孩子给我们了,咱教出来最少上二本。干不了,你们辞职走人。"

这个当时看起来几乎不可能完成的任务让不少教师打了退堂

鼓,华坪女高首届共招收女生100名,入学分数没有门槛,学生普遍基础较差,成绩始终提不上去,加之学校条件简陋,建校半年,17名教师中就有9名提出辞职。教学工作近乎瘫痪,眼看学校快要办不下去,县里计划将学生分流到其他高中继续就读,承诺依旧免费。

心灰意冷的张桂梅整理资料准备交接时,眼前一亮,剩下的8个人里有6名党员。她把6个党员找来,对着党旗一起重温入党誓词,还没宣誓完,大家全哭了。

此后,便是"搭上命"的付出。

一位女老师做肿瘤手术,张桂梅说:"你请假吧。"那位女老师说:"只要医生说能穿衣服,我就回来,我不请。"

张桂梅自己呢?在华坪女高佳绩频出之时,身体却每况愈下,她患上了肺气肿、肺纤维化、小脑萎缩等十余种疾病。十年前,因为胳膊疼得抬不起来,她已停止授课。如今的她,是校长,也是校工。严厉催促学生的是她,与困难学生抱头痛哭的,也是她。

"我不这么干,我的学生就上不了浙大、厦大、川大、武大……"建校16年,已有2000余名大山里的女孩从这里走进大学。

记者问:"为此您要付出什么?"

"我付出的几乎是生命,"她先是笑了,继而,又哽咽了,"我们这里面是用命换来的。"她也替同她一样苦守的老师回答了。

她明明可以自居"救命恩人",却全然不愿拴住她的女孩们。

"我们这里有一个规矩,就是跟学生说,你毕业了,就不要再回学校了。"

"我希望她们安安心心地去读自己的书,走得远远的,飞得高高的,去竭尽自己的全能,去为社会服务,为我们这个国家服务,不要背着这个女高为你做了什么,不要老背着这个张老师为你做了什么的包袱,不要再回来。"

"不管怎么着,我救了一代人,不管是多是少,她们后面过得比我好,比我幸福,就足够了,这对我是最大的安慰。"

我们常说:父母之爱子,则为之计深远。世界上只有一种爱指向离别,就是父母对子女之爱。如今看来,是我们狭义地理解了爱。超越血缘的爱,指向离别的爱,计深远的爱,不就正在这个人身上"泛滥"吗?

她带出来的学生,也有如她一样的"逆骨"。大学毕业了,她们把第一个月工资全部捐回来。还有些学生,又回到华坪女高做起老师来。

"明明可以",之于很多人而言,是对生活的妥协,是在"简单"和"困难"的人生闯关模式中取了容易完成的前者。而在张桂梅那里,却成了对生活发起的挑战,叫我们甚是感佩。

来自23年前的报恩

追溯这个故事的开端,并不是文章开头那一句"我想读书,可家里穷,要让我嫁人"。而是一个关于报恩的故事。

少年丧母,青年丧父,中年丧夫,为了"逃避过去的生活",1996年,张桂梅申请从丈夫的老家大理喜洲调出,后被调到丽江市华坪县民族中学任教。

次年,"灾难人生"前又加上了一个"更"字。她查出子宫肌瘤,举目无亲,没钱治病,就在思来想去决定放弃治疗时,当时华坪县民族中学的校长对她说:"你别怕,我们再穷也会救活你。"父老乡亲的捐款和肝胆相照的关怀,纷涌而至。

"我给小县添了麻烦,他们却把我救活了,我活着要干什么?"

于是,张桂梅用追逐一场疯狂的梦的时间来报恩。攒下的奖金和大部分工资,数十万元,她全部捐给山区教育事业。

"你别怕,没钱了我们大家想办法。"

如今,她又把这样的话说给山里女孩的母亲听,听闻的母亲哽咽了,如同她听到"你别怕,我们再穷也会救活你"一样的哽咽。

是啊,认识了这个"守护神",方知我们小看了生命的韧性,她可以为她们的人生,低到尘埃里去。没有人去要求她非要做到这份儿上,可她就是选择了这样一种滚烫的人生。

"这么多鱼,你救得过来吗?"

每一个在知识干涸之地挣扎的女孩,就是一条鱼。

"这条鱼在乎!"张桂梅把她放回海里,"这条鱼也在乎!"随即又将另一个她送归大海。

当那些已经摆脱束缚自由游弋的女孩,跃出水面之时,就是张桂梅嘴角上扬之际。

失去的一切,我都要拿回来

2016年里约奥运会,在逆转战胜东道主巴西之前,几乎没有人看好这支中国女排。面对全场嘘声和不可一世的对手,中国队用一记扣杀终结比赛,挺进里约奥运会四强。

有人说,没有郎平,就没有这支"长脸"的中国女排。她在球员时代以"五连冠"带领中国女排走上世界之巅;执教以后率领中国女排重回排坛顶峰……

所有街道都回响着她的传说

1981年11月16日傍晚,学校停课、工厂停工,连乌鸦也停止聒噪,整个国家似乎都停滞了下来。全国人民守在黑白电视机和收音机前,此时,第三届女排世界杯的决赛正在进行,中国队对阵东道主日本队。

在主场球迷震耳欲聋的呐喊声中,一个叫郎平的北京女孩扣下了世界冠军，中国女排3∶2艰难获胜。整个中国沸腾了，人群聚拢在天安门广场，彻夜高呼："中国万岁！女排万岁！"据说比赛颁奖典礼还没结束，国家体委、全国体育总会、全国总工会、全国妇联等单位的贺电就已到达球队。

据报道，当时中国女排收到的贺信、贺电和各种纪念品达3万件，而这当中，有3000多件都是"点名"送给郎平的。山西太原机械学院全体师生甚至送来了一块近两米长的横匾，写着"振兴中华"四个贴金大字。

一时间，国内几乎所有报纸的头版头条都在报道女排夺冠。

球迷口中的"铁榔头"

"打球已经完全不是我们自己个人的事情、个人的行为，而是国家大事，我自己都不属于自己。女排是一面旗帜。女排的气势，振兴了一个时代，她是80年代的象征。"女排的灵魂人物，郎平曾在自传《激情岁月》中这样写道。

据统计，7场比赛，中国队共扣球1116次，其中郎平一人扣球407次，得到79分，扣球命中率接近50%。球迷们亲切地称她为"铁榔头"，她扣球的英姿甚至被画成漫画印上了邮票。

"世界第一主攻手"的名号得来不虚。当时的郎平展现了逆天的身体素质，后辈至今难以望其项背。

她力量无穷：深蹲达到180kg，和男子"散打王"旗鼓相当。前女排主教练陈忠和甚至说，郎平的扣球和男子运动员没什么区别；她体能无解：单场比赛最多扣杀96次，是别人的整整两倍。要知道伦敦奥运会时，惠若琪扣了50次，一旁的解说就惊叹说："这简直是惊人的次数。"

1984年的洛杉矶奥运会，郎平的神话彻底达到了巅峰。尽管小组赛1∶3不敌美国女排，尽管背负着巨大压力，但郎平还是率领中国女排勇夺桂冠。

夺冠的那一刻，所有人都沸腾了。这一刻，郎平真的不是一个人在打球。在她的肩上，集聚了10亿人的目光和期盼。"团结起来，振兴中华。"这句响彻天空的庆祝口号，跟郎平一样，在中国体育史上画上了浓墨重彩的一笔。

然而，传说还在继续。队员时代，她包揽了三大赛的MVP（最有价值球员）——1982世锦赛、1984奥运会、1985世界杯，短短五年就带领中国女排实现了"五连冠"的壮举。

从"一无所有"到重新来过

顶着冠军的光环，郎平退役后本可在系统内取得一份不错的工作。但郎平却选择一条不同的路，到北师大学习英语，之后又自费赴美留学。

在美国留学的时候,郎平过得十分节俭,为了省钱甚至每天都吃同样廉价的三明治。由于签证性质的原因,郎平不能在美国打工赚钱,所以只能在学校里做排球教练,以此来抵扣她的学费。

对于这段"留洋"经历,她在自传里这样写道:

很多人不理解我的"撤",他们总觉得,"女排"是中国的象征,我是典型的"民族英雄",似乎不应该加入这股"出国潮"。也有人挽留我:"你是世界冠军,你是有功之臣,国家不会亏待你的。"

我觉得自己似乎被误解了,我不是怕"亏待",我就是觉得,国家和人民待我太好,我不能再躺在"冠军"的奖杯上吃一辈子老本,不能天天坐在荣誉上。"世界冠军"只说明我的过去,而一旦从女排的队伍中退下来,我什么都不是,我得重新学习本领,我得重新开始生活,必须把自己看成"一无所有"。

一无所有的"国际农民"到美国后,因为我拿的是公派自费的签证,所以不能工作,没有经济来源。因为不能工作,我就只能把朋友家当作公家食堂,我吃饱了肚子,吃饿了心。以前都是高高在上的,现在,一下子落到最底层,还得靠人家借我汽车、给我买衣服,我所有的优势一时都没有了,心里很难平衡。

后来,我慢慢地想通了,我来美国学习,就是要掌握自己过去没有的东西,开始新的奋斗。我在大学排球队做助教。学校给我的待遇是，可以免费读书。但说是做助教，其实就是在哄着一些水平很差的队员。一开始，我心里很难接受：我是世界冠军队队员，跑到这儿来哄一群几乎不会打球的大学生，位置整个是颠倒。但我不得不说服自己：不想颠倒，回中国去，你来美国，就是找"颠倒"来的。

那时的我特别穷，白天读书时的那顿午饭，我不舍得去学校食堂或麦当劳吃，就自己做三明治带饭，去超市买点沙拉酱、洋白菜、西红柿、火腿，再买两片面包一夹，这样，花五六美元，一顿快餐的钱，我可以吃一个星期。但吃到后来，见到三明治就想吐。

为了经济独立，我又去意大利的俱乐部打球赚钱。一年后，我的签证因为这段工作经历，变为"工作签证"，在美国可以办绿卡了。而更令人欣慰的是，我以560分的托福成绩通过了语言关，而且，经过严格的考试成为新墨西哥大学体育管理专业的研究生。

这段八年的海外生活经历，历练了我的心智，我已经把自己这个"世界冠军"一脚一脚地踩到地上了，踩得很踏实。

如果我没有经历过出国后"一文不名、一无所有"的生活，没有这些起起落落、沉沉浮浮的经历，我的人生不会有第二次起航。

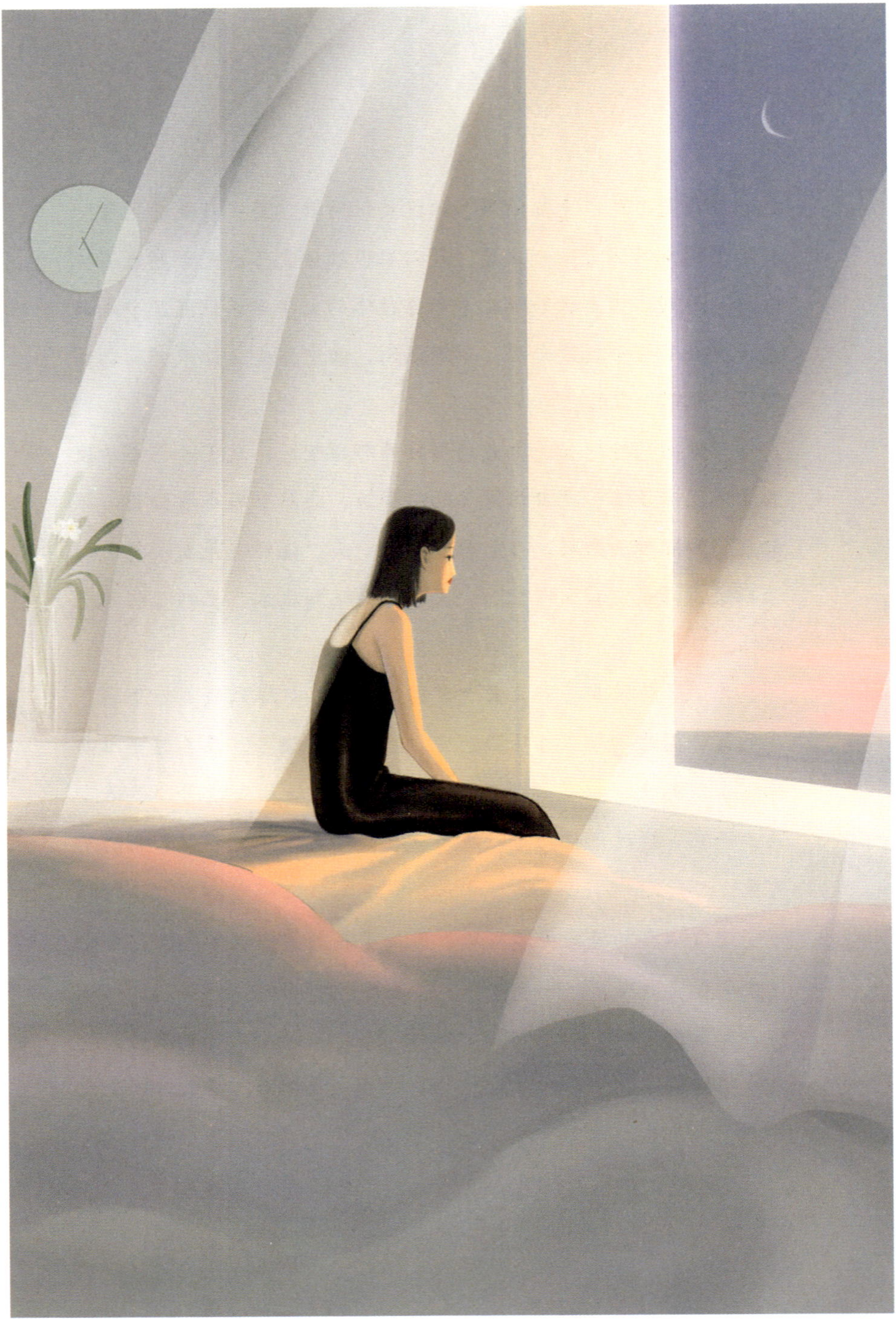

走出低谷，心力交瘁

1995年，中国女排陷入低谷，郎平"临危受命"，回国担任女排主教练，她抛家别女一个人回到北京。

回国执教，不仅薪水不高，风险和压力都是巨大的，工作也特别辛苦，已签订的多项合同都取消了，丰厚的待遇和优裕的生活条件都没有了，还要长期面对同丈夫、女儿两地分居之苦。郎平说："要是为了钱、为了工资，我就不回来了！"

她在自传《激情岁月》中有着更为详细的描述。

说实话，一下飞机，就被这样一大团腾腾的热气包围着，我心里又添了把火，让我更有了摩拳擦掌的激情和冲动。我知道，把女排带上去，这是干一件挺大的事啊，会给大家带来激情和活力。当然，到底能干到哪一步，我没数，我也在心里画问号。

真的干上了，我有时会感到自己单薄，毕竟是个女人，女教练，在一大群男教练中，比较孤独，很多事情要靠我一个人来撑。

我对每个队员都交了底，我说，我既然回来了，把自己的后路都断了，大家就得树立在世界大赛中拿奖牌的目标，就得有这个雄心壮志，向世界的最高峰冲击，还要把亚洲的冠军夺回来。我这个人就有一个特点，要么不干，要干一定得干出个样子。你们都要想通了，如果你们觉得跟着郎导干，吃不了那份苦，你们告诉我，我不勉强，路都是自己走出来的，别浪费我的感情，也别浪费大家的时间。

  我还给她们摆明一个道理：体育的本质讲的就是这样一种向极限挑战的精神，观众来看我们打球，除了看输赢，更想看到一种要球不要命的状态，看得振奋，看得来劲，给人家鼓舞。但这种输球不输人的精神，靠平时每一天的训练，平时怎么样，比赛就是什么样，这是基本功，是物质基础啊，不是过年吃饺子，可以蒙人家一回。

  在郎平带队的1995至1998年这个时期，中国女排获得了1996年亚特兰大奥运会银牌、1998年世锦赛银牌，两次大赛闯入决赛，惜败正处于白金一代时期的古巴队。

  郎平几乎二十四小时不停歇地工作，甚至半夜一点睡下之后都会爬起来研究比赛录像，高强度的工作压力和病痛的折磨让"铁榔头"心力交瘁，1999年之前，包括在亚特兰大奥运会期间，郎平昏厥了好几次，不到四十岁的她身体已几近崩溃，加上女儿已经进入青春期，正是最需要母亲的时刻，出于种种考虑，郎平辞去了中国女排的帅位。在中国女排任上主动辞职的，郎平是第一人。

  医生在给郎平做手术时，发现她的膝盖已经老化到70岁的水平。"女儿向我跑来时，我不敢抱她，我怕抱不动她。"这是昔日的世界第一主攻手发出的无奈感叹。

辗转欧美，成绩斐然

1999年辞去中国女排主教练职务后，郎平来到意大利，在排球氛围浓厚的摩德纳执教。这座面积只有成都一半的城市，拥有三家豪车总部——法拉利、兰博基尼、玛莎拉蒂，是法拉利车队的"老巢"，但最受欢迎的运动却是排球。小小的城市里居然有100多支排球队，几乎超过中国排球队的总数。但尴尬的是，摩德纳女排成立27年居然没有得过冠军。

终结这一尴尬历史的人是郎平。在摩德纳待了不到一年，郎平就率领球队获得意大利联赛冠军，一年后，又获得了欧洲联赛冠军，2002年成就联赛和杯赛双冠王。从此，"Jenny"（郎平的英文名字）成了摩德纳英雄。

郎平在意大利的辉煌，不仅仅局限于摩德纳，2002年郎平执教意大利诺瓦拉俱乐部，2004年率领诺瓦拉女排获得超级杯和联赛冠军。

在意大利的几年时间里，郎平在俱乐部培育的球星也成为意大利之星。

2005年，结束意大利之旅后，郎平在美国开始了一段新征程——美国女排主帅。郎平曾说："能够执教美国的球队，我感到非常骄傲。美国是一个体育强国，如果我对排球的理解能够帮助美国队提高自己的水平，那将是非常美妙的事情。"三年后的北京奥运会，郎平率领的美国女排震惊世界。

有网友戏称,"郎平一队"(中国队)击败了"郎平三队"(意大利队),又要和"郎平二队"(美国队)争夺冠军。三支球队无疑都深深地刻上了郎平的痕迹,左右当时女子排坛格局的人,毫无疑问是郎平。

执教中国,王者归来

2013年,国际排联公布的世界排名,中国仅列第五位。伦敦奥运会未能跻身四强,更是令国人扼腕叹息。

很多人把这时的女排形容成一块"烫手山芋",无数人劝她,不要去接。

"接!为何不接!三十年前我可以,三十年后依然没问题!"在女排最危难的关头,郎平再次选择了挺身而出。她看起来依然霸气,只是额头上略微松弛的皮肤,以及眼眸深处偶然显露的疲惫,才能让我们想起,郎平,已经不再年轻了。

重新出山的路,并不好走。用郎平自己的感受来形容,第一节训练课下来像跳进了一个火坑。她也许在接手前想过女排今非昔比,可她却没有想到,原来,女排可以这么差。没有基本功,没有心理素质,没有防守,没有移动,也没有串联,亚锦赛三十八年来的最差战绩,女排荣光的大厦在这一刻仿佛就要倾倒。

"好吧,你们现在有多差,以后就会有多出色!"郎平大手一挥,指向旁边的训练馆。十八米长、九米宽的场地就此成了"炼狱场",郎平冷酷地将手背在后面。没有人知道她们花了多少时间修炼内功,只知道中国女排,好像,慢慢回来了。

是的,郎平上演了王者归来。

2014年世锦赛,亚军;

2015年亚锦赛,冠军;

2015年女排世界杯,冠军!

距离上次中国女排雅典夺冠,已经整整过去了11年。距离1986年夺冠,整整过去了21年。将近30年之后,郎平重新品尝到了冠军的味道。这也是她执教生涯以来的第一座世界冠军奖杯。

2016年里约奥运会,在中国女排战胜巴西之后,郎平哭了。这里的哽咽一言难尽。

2009年世界女排大奖赛,险胜中国女排的巴西主帅吉马良斯突然高举双拳,充满挑衅地冲着中国队的教练席大喊,那一幕让很多人至今仍铭记在心。

"我们等了7年,就是要等一个机会,我要争一口气,不是想证明我了不起;我是要告诉人家,我们失去的东西一定要拿回来。"在"魔鬼主场"逆袭东道主巴西队,这是命运之神对不懈努力、历经挫折的郎平和中国女排最好的奖赏。

可郎平并没有被这场胜利冲昏头脑,当所有人都在说"激励了一代人的女排精神是不是回来了"的时候,她却说:"其实女排精神一直都在。不要因为胜利就谈女排精神,也要看到我们努力的过程。单靠精神不能赢球,还必须技术过硬。"

这一刻,你才真正感受到,她,已经完成了从"铁榔头"到"郎图腾"的完美蜕变。

我无比确定，读书真的可以改变命运

哪一刻，让你觉得读书特别有用？

这里有一个曾经飞行高度约为 400 公里的答案，名叫桂海潮。

"我家就住在他读书的中学里，我家的厨房对着他高中住的那间小屋。每天黄昏吃饭的时候，都会听到他在大声朗读背诵。小时候贪玩，经常被老爸揪着去看他学习，透过那扇纱窗，我不知道我看到的，是一个宇航员的曾经。"

这条令许多人触动的留言，仿佛一个电影里穿越时空的按钮。按下去，循着与"神十六"航天员桂海潮有过交集的那群人的话语，我们找到了那个"邻家男孩"刻苦读书的曾经。

1

施甸，傣语意为"美丽的坝子"，坐落在云南省西部边陲。从施甸县城出发，沿着施孟公路一路前行，大概走过20公里的蜿蜒山路，就到了施甸县姚关镇，这里便是桂海潮的老家。

一条老街，几乎横贯整个镇子，桂海潮的家在老街的这一

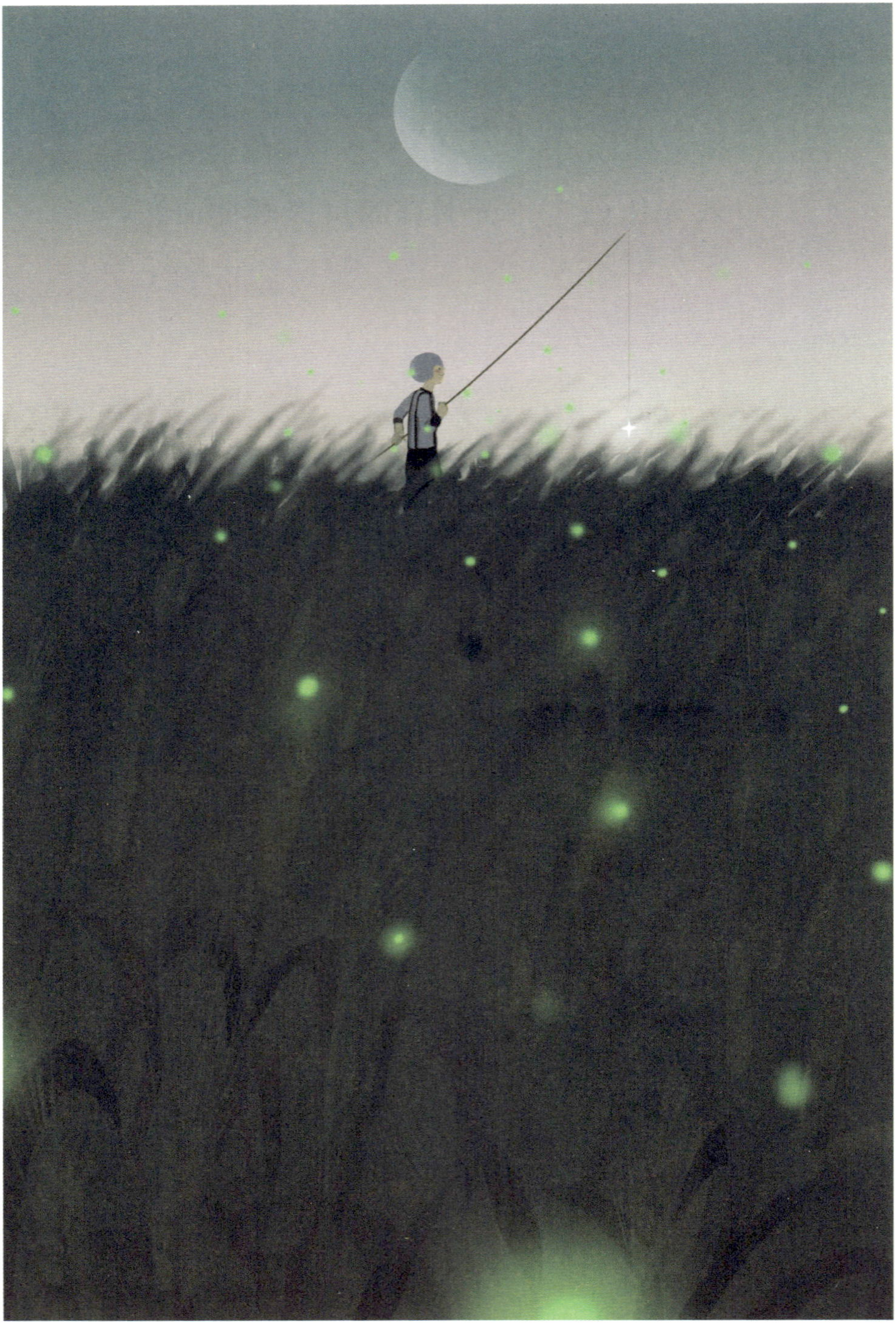

头,他曾经就读的姚关中心小学,就在老街的那一头。老街上住有看着桂海潮长大的乡亲长辈,也有与桂海潮一起背着书包上学、放学的发小。

在老街,时光走得慢,若不是新闻铺天盖地,街坊邻居对他的印象还停留在"这条街有名的大学生"以及那个"黑瘦的男孩"。

尹成程,桂海潮的发小,他经营的电动车店离桂海潮家不远,拐两个弯儿就到。之前桂海潮逢年过节回乡,都会到他家里坐坐,几个从小玩到大的同学也会聚一聚。聊起上学拿奖拿到手软的发小,尹成程特别起劲,他笑说,小时候,桂海潮也和他一起疯玩,也会在插卡学习机上玩游戏,不过"他戴眼镜是学习学的,我戴眼镜是打游戏打的"。

高二的时候,桂海潮还参加了高考模拟考,他竟然可以考到全校前几十名。就在高二,还发生了一个决定桂海潮人生轨迹的"大新闻"。那一年,桂海潮从校园广播听到:神舟五号载人飞船发射成功,航天员杨利伟成为中国飞天第一人。

梦想来敲门了!桂海潮回应的方式是:两年后,以第一志愿考入北京航空航天大学宇航学院飞行器设计与工程专业。他是那一年北航在云南省录取的理科最高分。而二十年后,桂海潮与梦想的梦幻联动是:站在酒泉卫星发射中心问天阁,走杨利伟走过的路,飞杨利伟飞过的天。

出征前,桂海潮说:"过去只能在报道中看到的各位英雄,成为我们训练场上的师傅、运动场上的队友、生活中的朋友、任务中的战友。"

如果你"追星",最高境界可能就是,有一天,你也活成了偶像的模样。

2

在当老师的舅舅杨天福眼中,从上学开始桂海潮就特别自律,放学回来看电视时常看《新闻联播》,看完了就自觉回去做作业了,从不需要大人操心。闲暇时,他常跟随小舅一起去山上放牛、放羊,特别喜欢亲近自然。

姨妈杨平美回忆,桂海潮从小做事情就特别专注,在同龄孩子中,要显得更懂事一些,从不惹事打架。"虽然话不多,但村里的娃娃都喜欢跟他玩。"

刷到堂哥要上太空的消息时,桂海鑫激动得从凳子上跳了起来。他现在是曲靖财经学校的一名老师,记得自己上小学时,有一次去堂哥家玩,随手拿了一本《钢铁是怎样炼成的》,好奇地问这是什么书,桂海潮就给他介绍了书的内容和作者,并让他拿回去好好读一读。

"哥哥从小就酷爱读书,对各种各样的书籍爱不释手。即使我们在一旁玩闹,哥哥也可以静静地读书。"堂弟桂海鑫这样说。

"我父母都是非常内敛、随和的人,从不和人发生争执,也从不打骂我们。"在弟弟桂海益的记忆中,他们的父亲话不多,遇事沉着冷静,哪怕他们偶尔犯了错,也不会苛责。他表示:"我们的父母都是农民,在学习上没有办法给予太多帮助,但非常支持我们,希望我们成为对社会有用的人。"

对于兄弟俩的成绩,父母也不过多询问。指引他们的是父亲最常说的话,"用心去做就好了,遇到困难就想办法解决。"

3

走出家门,走进教室,上小学的桂海潮总是坐第一排,到了初、高中才慢慢壮实起来。小学老师赵光富对他的印象是非常喜欢提问,有些问题让人意想不到,连老师也答不上来。

乡村小学可以看的书特别少,他业余时间总喜欢抱着书,从为数不多的书籍中探索广袤的未知世界。高中时期的数学老师杨中军记得,下课铃声响起,同学纷纷奔向食堂时,桂海潮总会抓住老师请教问题,经常一讨论就是半小时。得知标准答案后,他往往还会有自己的见解,并和老师讨论有没有更简易的解法。

杨中军印象最深的是桂海潮高考数学提前半小时交卷,见到老师时自信满满地说:"满分应该没问题。"

在高中化学老师杨洪洲那里,我们窥见一个时间管理小能手。杨老师回忆道:"吃饭他总是错开高峰,平常洗漱的间隙也在学习，就连熄灯后还打着电筒在学。"

桂海潮高中同学说："记得他每天早上第一个从宿舍到教室看书，晚上总是最后一个从教室回到宿舍。"

难得的是，一般成绩好的同学会有些"高冷"，但桂海潮不是，有同学提问他都会很热心地解答，也能和同学打成一片。

高三期间，每天早上6点左右，英语老师孙爱春都能看到桂海潮在大声朗读英语和语文，寻找语感。

品性好、有天赋、有主见、刻苦、勤奋，而且心态稳定，是桂海潮给各科老师留下的印象。他不仅擅长找学习方法，每次还会主动问老师要试卷来做。有老师替他"抱不平"，2005年高考题目相对简单，对于各科实力较强的桂海潮来说，其实有些吃亏。桂海潮考完第一反应是"高考题怎么是这样的"。

4

走出小镇，走入繁华，人生考验才刚刚开始——要禁得起诱惑，坐得住"冷板凳"。

桂海潮守护"梦想"的方式是：整整9年，一路从本科攻读完博士学位，继而赴国外从事博士后研究，且在国际顶尖期刊发表近20篇学术论文。2018年，31岁的桂海潮便在母校担任起了博士生导师。

桂海潮的师兄贾英宏回忆读博期间，桂海潮"特别稳"，先花时间下足功夫研究基础理论，每次去实验室，他基本都在看书。面对技术难点很多的科研项目，他很少瞻前顾后，干劲特别足，心理素质也特别好，没怎么见他发过愁。出成果不是最快的，但他总是一丝不苟、厚积薄发，抓住关键难题不放松。

王悦是桂海潮的同事也是同学兼室友，以前同宿时，见他每天睡前都坐下来安安静静地写日记，总结一天的收获，对生活非常认真。在王悦眼中，桂海潮喜欢不断挑战和提升自己，并且做事有股韧劲儿，找准目标就一股劲儿扎进去，遇到不懂的问题，无论下多大功夫也要搞明白。

入选预备航天员封闭训练期间，桂海潮仍是尽己所能挤出时间指导学生科研，亲自帮忙推导关键的理论公式。博士生夏新会回忆道："开大组会的时候，桂老师思维特别活跃，总能一语中的发现问题，基础功底很深，说话也风趣幽默。"

桂海潮关心身边人，能很快地和大家打成一片，非常愿意为他人服务。他还关心书外的世界，2008年北京奥运会还是志愿者。他做事点子特别多，做事效率很高，是个"时间管理大师"，也是个"情绪管理大师"。周围人评价他乐观又豁达，很少被负面情绪侵扰，即使受到挫折也能很快振作。

书法、长跑、骑行、游泳，这些都是桂海潮喜欢的，他带的博士生苏文杰说："好几次我们找桂老师的时候，他都是在体育场跑步。"

5

　　一路长跑，一路蜿蜒，一路惊讶，一路励志。我们想用这些亲近之人与他相处的碎片，拼凑出一个人的读书奋斗史，也想把一个人终偿所愿的一些细节与秘诀细扒给你看。

　　读书，或者说学习，不对任何人设防，任何地方都可以是通往星辰大海的起点。你说，当他们读书时，他们在相信什么？当一个人读过的书，学到的知识化作冲天的烈焰，能送他前往心心念念的星辰大海，我们就不能不深信：读书真的可以改变命运。

　　梦想，一定是一个首尾接续的环形。如今，像桂海潮仰望过杨利伟那般，桂海潮又成了许许多多孩子的心之所向。

　　出云山，破苍穹。当你看到施甸小城的一名学生眼里蓄着光说"我感到非常振奋，桂海潮学长让我们明白了，只要努力学习，是可以遨游太空的，我也要用我的汗水和付出，成就自己的梦想，决胜高考，拥有属于自己的星辰大海"时，你就知道，腾空而上的，不单是一艘飞船，还有无数个被点燃被烧烫的梦想。

　　少年们，笔不妨握得更稳点，书不妨一辈子带在身上，梦不妨做得再大点！且去努力，且去咬定不放，来日定让一个城甚至一个国因你而沸腾！

　　何言不敢！谁会想到，一个6岁时躺在山坡放牛牧星的孩子，36岁时真的去天上摘星星了。

愿你耄耋归来，依然有梦可倚

《文化十分》梁霄　梁珊珊

　　2017年，一位满头银发的老奶奶弹奏钢琴的视频在网上火了起来。视频中的演奏者是老一辈钢琴家巫漪丽，时年87岁高龄的她上台时显得步履蹒跚，而当她敲下黑白琴键的瞬间，世界仿佛安静了下来。网友感叹："原来生命触发的艺术，才是最美的。"生活中只要你内心优雅宁静，就一定能优雅宁静。

音乐，是她讲述故事的方式

　　你是否想过，80多岁的自己会是什么样子？是赋闲在家，颐养天年，还是弄孙为乐，买菜做饭？

　　2017年春天，一位老人演奏《梁祝》的视频在网上走红。这位老人，就是被誉为中国第一代大师级钢琴演奏家，时年87岁的巫漪丽。

　　视频中，由巫漪丽弹奏的《梁祝》犹如一泓清泉，从指尖倾泻而出；又仿若一滴滴晶莹的水珠，滑落在碧绿的莲叶上。那飞

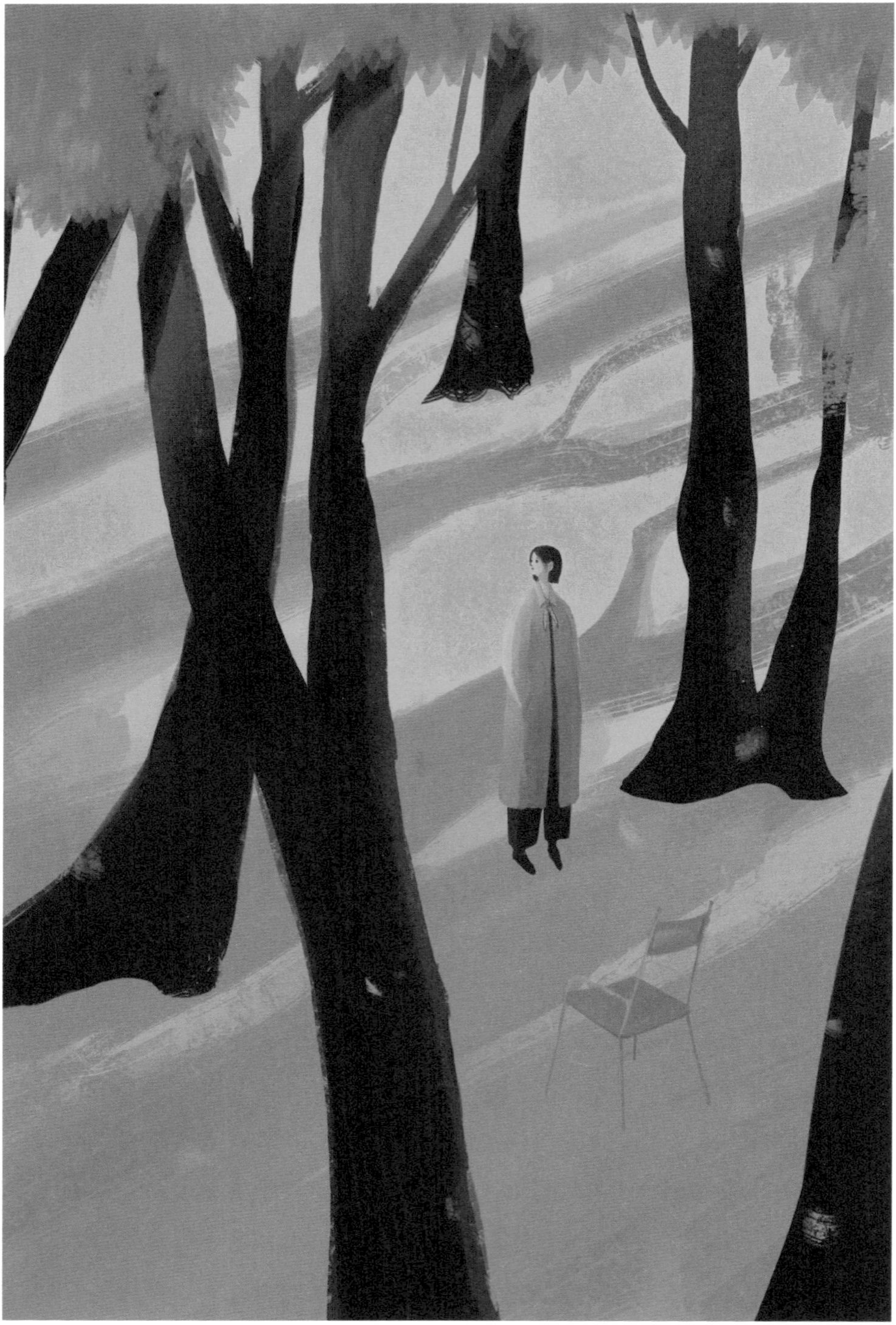

舞在黑白键上的双手虽已枯槁，却依旧灵动，尤其弹到激烈处，似有强大的生命力从指间喷薄而出，全然没有耄耋老人的苍老与迟缓。

人们惊叹：这行云流水般的乐音仿佛是从她的生命中流淌出来一样。在她敲下琴键的一瞬间，全世界都安静了！那，是来自生命的力量对人心的冲击。"生命触动艺术，永远最美！"

视频拍摄于2017年2月。当时，新加坡独立创作室"静境镜"举办的"老不得空"座谈会，巫漪丽受邀演出："我之所以接受'老不得空'的演出邀请，是因为我老来回顾我的一生，觉得确实不是一场空。"

上亿的网络点击量却是意料之外的事，对于成名她甚至有些惊恐。"以前我曾经弹过，但我觉得不够，后来我就下了一点功夫，把它弄得比较完整了。但没想到演出之后大家都在网上传，传得我都吓坏了，我不知道该怎么办。"

殊不知，《梁祝》这首乐曲已与巫漪丽相伴近六十年，荏苒岁月沉淀下无以言说的深情。在《经典咏流传》节目中，巫漪丽动情地说："每一个音符都深深刻进了我的生命。它就是我心中的经典。"

作为中国乐曲经典中的经典，巫漪丽正是小提琴协奏曲《梁祝》钢琴部分的首创者和首演者。

1959年，社会各界积极为国庆10周年献礼，各地文艺活动蓬勃开展。巫漪丽所在的中央乐团独唱独奏组也在全国各地演出，观众对《梁祝》的呼声尤其之高。但起初由何占豪、陈钢作曲的小提琴协奏曲《梁祝》,没有钢琴伴奏部分,而中央乐团独唱独奏组则是以钢琴伴奏为主。

"我们团长说'一定要把钢琴谱弄出来,因为我们是为人民服务的。你要去做'。我也没有二话,从资料室借了总谱,苦思冥想,刻苦钻研。好在我对钢琴比较熟悉,钢琴各种表现手法我都很了解,所以凭着当时那一股热情,一定要把它写出来。"

"闭关"三天三夜,《梁祝》钢琴伴奏谱终于完成,而后,又从纸上搬到舞台。巫漪丽对这曲经典的感情尤其之深。

"这是一个中国民族曲调,它有它的优美,有它的悲壮,有它的凄美,也有它的哀伤,所以真的,它深深抓住了我,我想观众也被抓住了,所以大家都这么喜欢。我对《梁祝》的改编,是一个中西音乐表达手法相糅合的过程,外国听众对它的接受度也很高。世界范围内最知名的中国乐曲,《梁祝》应该算一个。它的旋律确实非常触动人心。"

巫漪丽"学贯中西",既接受过中国传统教育,也接受过西式教育,但她向来谨记"要在中国作品上多下功夫,要'西洋乐器中国情'"。在巫漪丽的作品中,她始终秉承着这一理念。

音乐,是她与生俱来的默契

在巫漪丽充满传奇色彩的一生中,钢琴是她生命存在的意义。

1930年,她出生在大上海的一个名门望族。祖父是兴中会登记在册的会员,外祖父当过上海商会会长,曾资助过孙中山辛亥革命。父亲巫振英早年留学美国,学成归国后成为当时国内一流的建筑师。母亲李慧英也接受过西式教育,思想开明。

1936年,6岁的巫漪丽观看了一部叫《子夜琴声》的美国电影。电影中一位白发老人弹奏肖邦《幻想即兴曲》的片段,深深吸引了她。"因为他反复演奏,所以我就记住了,然后我就哼。我就觉得钢琴声音很美妙,所以决心学弹钢琴。"

那个年代,即使繁华开放如上海滩,钢琴也是个稀罕物。开始,母亲不同意巫漪丽学钢琴。但小小的巫漪丽缠着母亲,承诺定会好好练习,才得到应允。

"我小时候练琴从没觉得枯燥,也没偷过懒,一弹钢琴就会很开心,这应该是我和钢琴之间的缘分。"巫漪丽没有辜负父母的期望,她用自己的行动证明了自己的天赋和能力。

1939年,9岁的巫漪丽参加上海儿童音乐比赛钢琴组并取得第一名。"当时我拿到一个奖品,是一座很大的银杯,我搬都搬不动。"回忆起那次获奖经历,巫漪丽笑得像个孩子。比赛结束后,未满10岁的巫漪丽受到世界钢琴大师李斯特再传弟子、意大利钢琴家梅百器的赏识,而后与中国老一辈钢琴家吴乐懿、朱工

一、周广仁、傅聪同门学艺。日复一日，春去秋来，双手在琴键上起起落落，巫漪丽的钢琴功底日渐深厚。

18岁那年，她第一次登上上海兰心大戏院的舞台，与上海交响乐团合作演奏贝多芬《第一钢琴协奏曲》，一战成名。巫漪丽一夜之间红遍上海滩，成为人们口耳相传的"最年轻的女钢琴师"。

此后，巫漪丽的琴声走得越来越远。

1954年，她离开上海，北上抵京，正式加入中央乐团。一年后担任中央乐团第一任钢琴独奏家。1962年，她获评国家一级钢琴演奏家，并受到周恩来总理的接见。

在此期间，巫漪丽开始在全国巡回演出，除了西藏，各个省份几乎走遍。此外，巫漪丽还多次代表中国到波兰、丹麦、印尼、缅甸等国演出，或为访问中国的外国领导人演奏。

她记忆最深的一次演奏，是在硝烟滚滚的朝鲜战场上慰问抗美援朝的志愿军。

"当时总的领队是贺龙，京剧方面有梅兰芳、程砚秋、盖叫天，音乐方面有马思聪和周小燕，我就给这些人弹伴奏，自己也弹一个中国作品。那个钢琴他们是从地底下25米处挖出来的，所以那个钢琴按键都不完整，但志愿军非常热情。"

还有一次特殊的经历是用拳头"划"琴。1954年，印度时任总理尼赫鲁访华，巫漪丽担任欢迎仪式的钢琴伴奏。因天气严寒，巫漪丽的双手"冻成了胡萝卜颜色"，手指冻僵不能屈伸，无法连续弹出"So—Fa—Me—Re—Do"，只得用拳头划过琴键。现在回想，巫漪丽笑谈："我可没学过用拳头'划'琴，这都是急中生智。"

钢琴和音乐自始至终都是巫漪丽生活的主旋律。当记者问及钢琴对她的意义时，她有些激动，两眼泛着泪花说："钢琴和音乐就是我的人生啊！"

巫漪丽爱琴如命。初到北京的时候，她和其他团友住在一起，有一架钢琴供团友们练习使用。当时钢琴就摆放在里间屋子，人住在外间。有一次一位团友因为在琴房里烧菜，导致钢琴的钢板开裂。巫漪丽很心疼，所以此后练琴她干脆不生炉子，严冬腊月里，宁可穿着大衣坐在琴房。"练得热了，就像蚕宝宝一样一件一件脱，最后脱得只剩下一件毛衣。练完之后再把外套一件一件穿回去。"

音乐，是她漂泊异国的伴侣

1993年，男低音歌唱家田浩江举办独唱音乐会，巫漪丽为他伴奏。新加坡女高音歌唱家苏燕卿就在台下，她被巫漪丽的钢琴伴奏打动，一番交谈后，两人相见恨晚。苏燕卿热情邀请巫漪丽去新加坡。彼时巫漪丽正好有将钢琴教学法用于实践的想法，于是她受邀前往新加坡，没想到这一住就是二十多年。

2017年，凭借《梁祝》走红网络后，有媒体采访到巫漪丽。彼时，她还是一个人独自生活，租住了一个单间，与房东一家同住一个屋檐下，以教琴为生。生活过得有些拮据，一箪食，一瓢饮，一架琴，便是她的日常。对此巫漪丽并不在乎："我对物质生活的要求很低，只希望有一个能让我保持弹钢琴的环境。"虽然自称"独行侠"，但巫漪丽坦言一个人也会感到孤独，会"弹一些忧郁的曲子"排解。

窘迫的生活非但没有妨碍她对钢琴的热爱和坚持，在那段日子里，钢琴反而成为她最好的依靠。某次活动中，巫漪丽结识了同样旅居新加坡的华人冯女士。二人相谈甚欢，久而久之结成了忘年之交。得知巫漪丽的生活状况，冯女士坚持把老人接到自己家中，像侍奉自己母亲一样陪伴着她。巫漪丽好友们那颗一直悬着的心也终于着了地。

冯女士自称是一个不懂五线谱的人，但她依然能感觉到，每次巫漪丽一坐到钢琴面前，整个人就会变得空灵、宁静。

除了雷打不动的每日练琴，巫漪丽还收徒教琴。她坚持"从音乐内容启发学生"，认为感化和共鸣比固化拍子练习更重要。"我觉得音乐要靠交流，我跟我的学生就是交流，上课就是交流。"

在她教授的众多学生中，不少已取得英国皇家音乐学院八级考试文凭，以及其他各类殊荣奖项。还有一位比较特殊，那是个患有严重自闭症的孩子。冯女士曾问过巫漪丽，为什么不去招收一些更有才华的学生，有朝一日或许也可以为老师扬名立万。"音乐不是用来炫耀才华的，音乐是用来改变生命的。"巫漪丽不假思索脱口而出。

"谁说老年人不能学钢琴？什么年纪学习钢琴都不晚。"巫漪丽倡导老年人学钢琴，她的高龄学生中年纪最大的有90岁。20多年下来，她的学生"百人可没有，但五十人应该有了"。

"我一辈子想的，跟音乐做伴。我们这些老知识分子，就是有一点，不求闻达于诸侯。希望我能够继续弹钢琴，让更多的音乐作品进入大家心里。"

巫漪丽的一生都献给了钢琴，献给了音乐。

音乐，是她流淌指尖的情怀

钢琴，不仅一直陪伴着巫漪丽，一度带给她无上的荣耀，也让她结识了一生的挚爱，中央乐团第一任小提琴首席杨秉荪。

"我们是在上海乐团认识的。后来我调到北京，在中央乐团，他刚好是这里的小提琴家，他的声音特别吸引人，他在音乐学院也很优秀。"提到杨秉荪，巫漪丽眼神里依旧散发着少女般崇拜的目光。

共同的艺术追求让他们走到一起。在北京成家后，虽然生活过得并不宽裕，但两人琴瑟和鸣，夫唱妇随，日子过得很幸福。当时有人说，巫漪丽跟杨秉荪一起合作的时候，在舞台上完全是作为绿叶去衬托了丈夫那朵红花。巫漪丽很坦然，她甘愿做绿叶。

十年动荡，一朝梦碎。在那场历史洪流中，巫漪丽被迫离

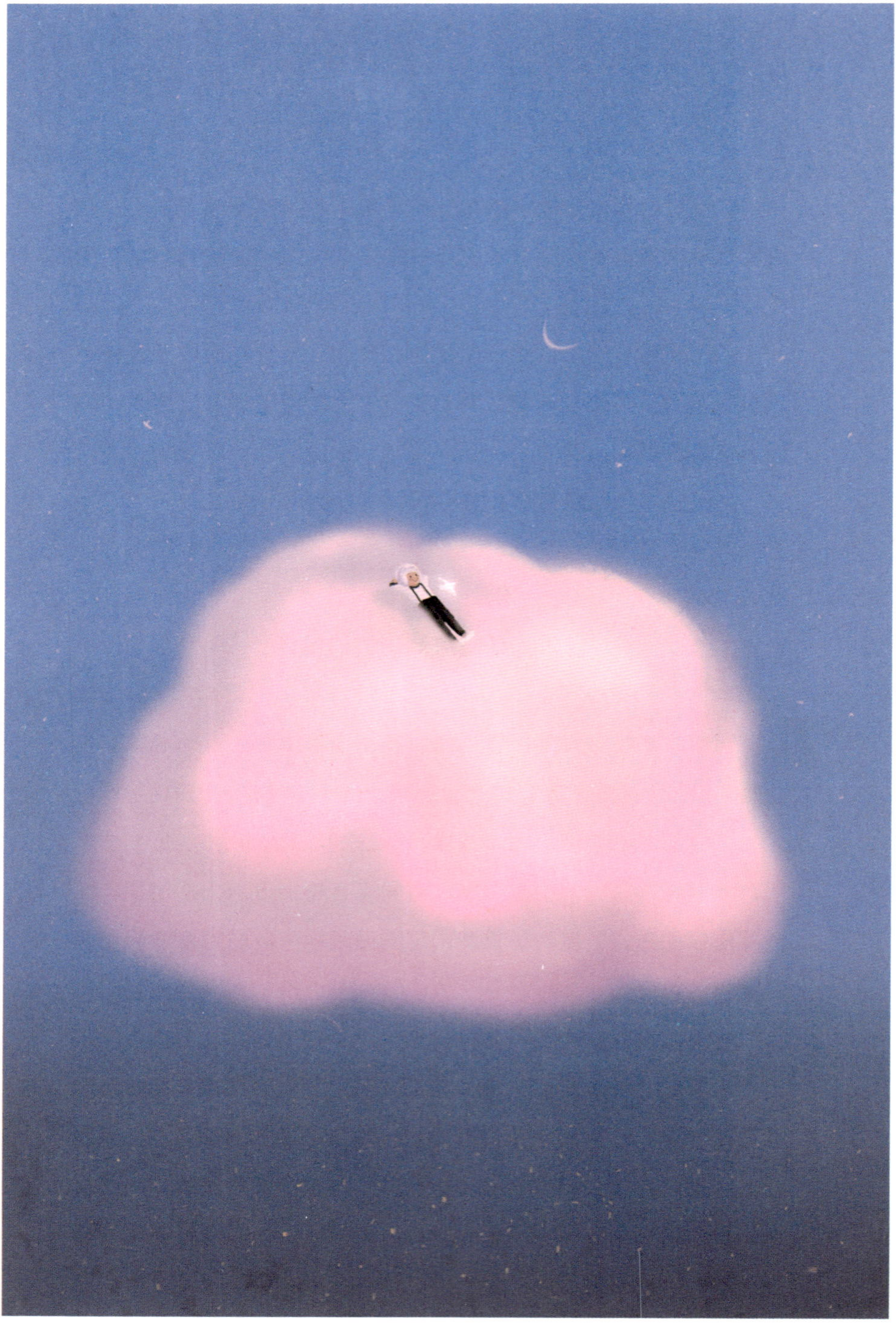

开了心爱的爱人，从此，辗转美国和新加坡，颠沛流离，半生漂泊。后来重获自由的杨秉荪移居美国，重新组建家庭，但巫漪丽却一直单身。

"从前的日色变得慢，车、马、邮件都慢，一生只够爱一个人。"

2008年，巫漪丽首张个人专辑《一代大师1》出版。专辑融汇了她一生的传奇和成就，一经推出便受到业内外的一致推崇。

"唱片公司对我说，能够弹奏中国乐曲作品的人中，你是一代大师。这个我不敢当。说我是新中国培养出的第一代钢琴家，倒算是符合事实。但我算不算'大师'，每个人心中都有一个标准。"

2013年8月，她的第二张个人专辑《一代大师2》出版并荣获2013年度十大发烧唱片奖。专辑中选录《松花江上》《平湖秋月》《娱乐升平》等乐曲，她始终践行着当年师友对自己的教诲"西洋乐器中国情"。

著名录音师杨四平在完成《一代大师2》现场演奏录音后，激情撰文评论："这绝不是传教士的声音，而分明是一颗中国心在跳动的声音。这种声音鲜活而纯净，每一个音符都像裹着芬芳的露珠在荷叶上跳动……"

巫漪丽出版第二张个人专辑后，特意托朋友从新加坡给身在美国的前夫杨秉荪带去。即使隔山跨海，人生中的乐事还是想跟最在乎的人一同分享。多年来，两人虽然天各一方，但在音乐里，他们的灵魂始终相通。

2017年5月,巫漪丽荣获世界杰出华人艺术家大奖。然而,与喜讯同时传来的还有杨秉荪病逝的噩耗。奖杯被放在了角落,巫漪丽默默换上白色上衣,把自己关进录音棚里,再次弹起《梁祝》,不用曲谱,一泻千里。弹到"哭坟",她似乎把全身的力气都集中在指尖,悲伤在琴键上四溅;转到"化蝶",她柔情似水,像是告别,又似倾诉。巫漪丽的几位知心朋友在录音棚外默默倾听:这是不可复制的《梁祝》,也是她在弹奏自己的一生。

杨秉荪的病逝对巫漪丽打击很大,精神状态由此大不如前。"千古传颂生生爱,山伯永恋祝英台。"《梁祝》中,梁山伯和祝英台从相识、相知、相恋,到被迫分离,天人永隔,最终化蝶,与爱共舞。他们的故事宿命般地映照了巫漪丽与杨秉荪的真挚爱情。

音乐,是她永远不变的初心

在中国古代文人中,巫漪丽最爱辛弃疾和杜甫,喜欢他们的"豪放胸怀和家国情怀"。远在异国他乡,巫漪丽依旧怀揣一颗赤诚的中国心。除了继续演奏钢琴之外,晚年她最大的心愿就是落叶归根,希望在中国这片故土上长居一段时间。

西山红叶好,霜重色愈浓。岁月无声无息地在这位老人身上铸刻下深深的印痕。晚年的巫漪丽听力已有些减退,但八十余年坚持练琴，让她依旧保持着清晰的逻辑思维和表达能力。尤其在音乐面前，宛若少女。她的艺术青春从未因年迈而凋零，反而愈加芬芳。

幸福，从来是一种感觉，它不取决于物质生活的丰裕或匮乏，而在于心灵的富足和宁静。因为有钢琴，有音乐终生相伴，巫漪丽无疑是幸福的。

愿你耄耋归来，依旧有梦可倚，依旧拥有自己的幸福。

不想努力时，你就想想他

疲惫有时，崩溃有时，心碎有时，绝望有时，如果人生是不能承受之重，不努力了行不行？为我们解答这一人生之问的，是一位远去不久的百岁老人。

少年才俊，展现国人语言天赋

在中国典籍翻译历史上，许渊冲一直都是另类的存在。2014年，他获得国际译联"北极光杰出文学翻译奖"，成为首位获此殊荣的亚洲翻译家。自此，他开始出现在大众的视野中，人们逐渐认识了这位"有趣"的译道独行侠。

1921年，许渊冲出生在江西南昌，小学四年级便开始学习英文。当时没有国际音标，许渊冲被没有中文读法的字母WXYZ的读音难住了，二堂兄编了口诀"打泼了油，吓得要死，歪嘴"，许渊冲这才记住。到高二时，许渊冲已经可以轻松背下30篇英文课文，从那以后他的英文成绩始终名列前茅。

1938年，许渊冲考入刚成立不久的国立西南联合大学的外文系。同级校友还有如今的物理学家杨振宁、经济学家王传纶、两院院士王希季。

在西南联大的日子，是许渊冲疯狂吸收知识的时光。每周他坐在大教室里听来自清华、北大、南开的众多知名老师教授的课程：闻一多讲《诗经》，罗庸讲"唐诗"，浦江清讲"宋词"，冯友兰讲哲学，卞之琳谈"写诗与译诗"……这些奠定了许渊冲的中国传统文化和西洋文化的根基。

大一第二学期，许渊冲分到钱锺书小组求学。那时的钱锺书28岁，授课只说英语不说汉语，而且语出精妙。他将"怀疑主义"译为"Everything is a question mark, nothing is a full-stop"（一切都是问号，没有句点）。在许渊冲看来，老师不仅用问号和句号对称，everything与nothing又是相反相成，既得到内容之真，又体现形式之美。

在之后的人生岁月中，许渊冲一直写信跟钱锺书先生谈论他译诗的思想动态和行动，钱锺书认为许渊冲的译诗是"带着音韵和节奏的镣铐跳舞，灵活自如，令人惊奇"，令他得到了许多鼓舞。

择一事，终一生

从20世纪80年代开始致力于将中国的古典诗词翻译成英法韵文以来，许渊冲一直坚持不仅翻译诗文，更要译出诗的意境，且译后仍能对仗工整，翻译出许多音义双绝的精品。

如果说，中国古典文学是一艘船，那么在这艘船上从诗经到楚辞，从唐诗到宋词，从元曲到明代小说，仿佛是一盏盏灯火，照亮了无数双眺望远方的眼睛。岁月流转，在这些文字的转换中，许渊冲便是一座"桥梁"，带领我们穿越古今，感受中西，远望未来。

许渊冲热爱中国古典文学，把很多唐诗宋词、传统戏剧翻译成英文、法文，让世界上更多的人感受中国文化的独特魅力。

在翻译界，他一直属于少数派。多数派主张字对字的直译，在他看来，中文与其他外文之间的词汇不对等，所以要发挥翻译的优势，在不歪曲作者原意之下，将民族文化的味道、精髓、灵魂体现出来。他认为中国诗词有三美：一是意美，第二是形美，第三是音美。

他以《登鹳雀楼》为例，这样讲道："白日依山尽，将白日当成一个人，向着山鞠躬表达依依不舍；黄河入海流，白日对黄河，写得很白；欲穷千里目，要看更远的景色，必须爬到更高的高度。"他这样译道：

白日依山尽，黄河入海流。
The sun along the mountain bows; The Yellow River seawards flows.
欲穷千里目，更上一层楼。
You will enjoy a grander sight; If you climb to a greater height.

一首小情诗，与翻译世界相遇

许渊冲在西南联大上学期间，出于对一个女同学的喜欢，他翻译了人生第一首诗——林徽因的《别丢掉》。这首诗是徐志摩因飞机事故去世后，林徽因经过徐志摩的故乡，见景生情写下的。

然而，这份至真至纯的表达，直到五十年后才得到回音，留下了岁月的遗憾，但更多的是美好的回忆。"人生最大的乐趣，是创造美，发现美，这个乐趣是别人夺不走的。"许渊冲如是说。

许渊冲专注翻译七十余年，成就中西文化的融合，让中国人遇见了包法利夫人和李尔王，也让外国人遇见了李白和杜丽娘。

在外人眼中，翻译是个寂寞行当，人人只知道作者，极少会注意到译者。可是许渊冲却说，翻译让他快乐。即便到了百岁高龄，他依旧每天坚持锻炼，工作至深夜。

"生命不是你活了多少日子，而是你记住了多少日子。要让你过的每一天，都值得记忆。"当百岁的许渊冲先生说出这句话时，我们看到的是掷地有声的人生智慧，因为他正是用生命在踏

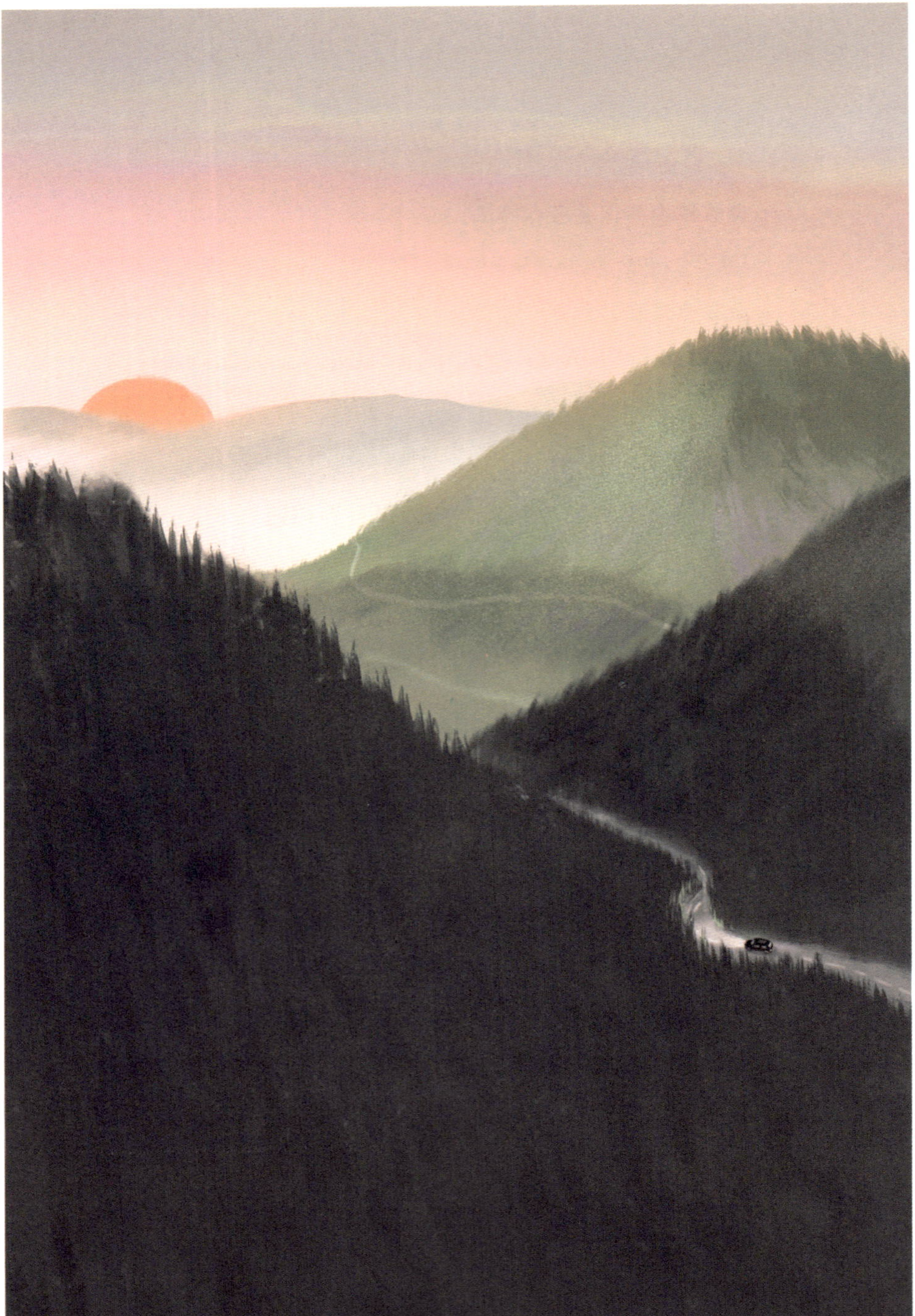

踏实实地践行着，热爱着。

"我努力的理由：100岁了"

不想努力时，你就想想他100岁的身影

当世界酣睡时，许渊冲留给长夜的，是敲击键盘的背影。北大畅春园，一间老屋，一台电脑，执拗的他还在从夜晚"偷时间"。他打字很慢，眯着眼凑近键盘，坚持自己敲下每一个字，从夜晚十一点到凌晨三四点。这是他数十年的工作常态。

不想努力时，你就想想他93岁时立的志向

耄耋之年，许渊冲给自己制订了"每天翻译1000字"的工作计划。93岁时，他的目标是：翻译莎士比亚全集。

2021年年初，他还在写自传《百年梦》，他的新年心愿是"Good better best, Never let it rest, Till good is better, And better best（好上加好，精益求精，不到绝顶，永远不停）"。

不想努力时，你就想想他家里的那一面书墙

许渊冲当老师的时候教过英语和法语，更主要的是做他喜欢的翻译。62岁，在被多数人视为人生夕阳之时，他却如一轮朝日,无畏生老病死,在翻译这一道路上全情放光。

生前,老先生以一年至少新译一本名著、出一本论文集、写一本散文集的速度,酣畅创作。唐诗、宋词、元曲,《诗经》《楚辞》《论语》《道德经》,莎士比亚、司汤达、巴尔扎克……目前,他已出版中、英、法译著180余本。那一面书墙摆着的,便是他不曾碌碌无为、无愧于心的明鉴。

不想努力时,你就想想他96岁时还在"狂"

如果把你的一生写在一张名片上,你会如何介绍自己?

2017年,96岁的许渊冲做客《朗读者》节目时,拄着拐杖,迈入会场,而后递出了一张名片"书销中外百余本,诗译英法唯一人"。乍一听,些许张狂,可他立马解释:"我实事求是!"老先生嘱咐过,如果他去世了,墓碑上就刻名片这两句。

狂,是因为他有资本,有底气。89岁时,他获得中国翻译协会颁发的"翻译文化终身成就奖"。93岁时,他拿下了国际翻译界最高奖项"北极光杰出文学翻译奖",也是首位获此殊荣的亚洲得主。

不想努力时,你就想想他这人间理想般的存在

96岁那年的中秋夜,他骑车出门赏月,不慎摔了,右腿骨折。谈起这段负伤经历,老先生还打趣自己:"要不是为走这美的路,我就不会摔了。不过月光如水,还摔得蛮美的。"

生老病死,世事沉浮,无改天真与痴狂,神采与热爱。

"越向前走,越有光明的前途,每个小时,都要快快活活。"这是他翻自莎翁的一句话。

见字如面,愿你在不想努力时,想到他努力做到的一切。

本文参考资料:
《相对论》节目、《面对面》节目、《北京日报》等。

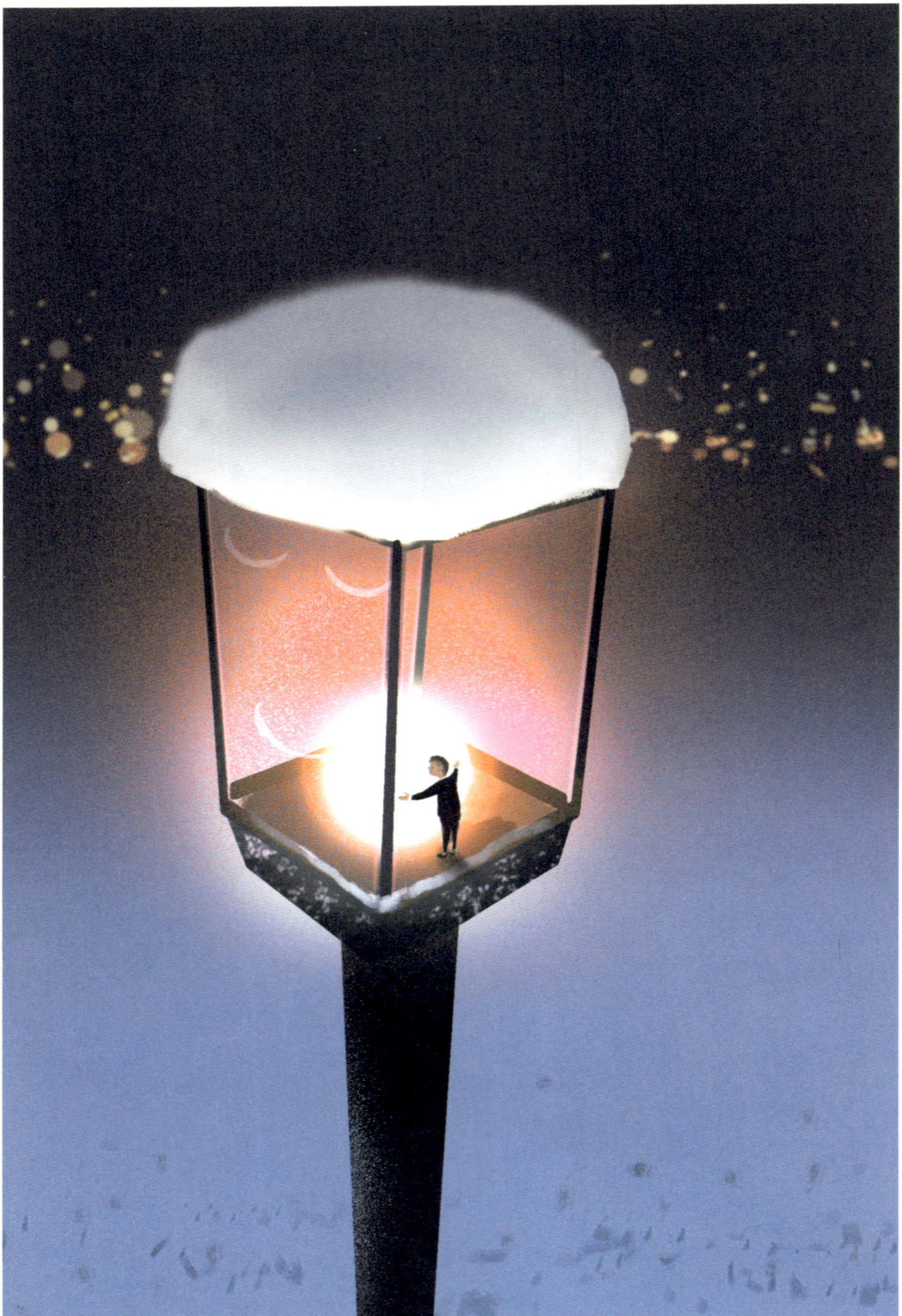

第二章

名若弦歌，不绝于耳

她，比烟花还寂寞

《文化十分》 梁珊珊

她才华横溢，被誉为"20世纪30年代的文学洛神"。她命途坎坷，纵百般腾挪，终一步步走向悲剧。"满天星光，满屋月亮，人生何如，为什么这么悲凉。"她在等你一个温暖的答案。

不甘！不甘！

那是1942年的香港，31岁的萧红在此度过了生命中最后的时光。

两年前，她和丈夫端木蕻良辗转来到香港避难，日子过得清苦。多年饥寒生活和战争的折磨，情感上一再受到的打击，加上前后两次生育，萧红的身子一直病弱。这一次，她因肺结核住院医治，不承想被一名庸医误诊为喉瘤。喉管开过刀后，病情急剧恶化。

> 我将与蓝天碧水永处,留得半部"红楼"给别人写了……半生尽遭白眼、冷遇,身先死,不甘、不甘!

这是萧红去世前真实的心理状态,她曾在病床上如是写道。

在生命最后的三年里,萧红惊人地高产,几部巅峰之作都是在香港写下的,包括长篇小说《呼兰河传》和《马伯乐》。她或许早已预感到了自己时日无多。她的不甘,在于未竟的写作事业,也在于自身寒凉悲苦的一生际遇。

萧红出生的1911年,辛亥革命爆发,时局动荡不安。这样的契合,不禁令人联想到她风雨飘摇似孤灯的人生,是否在开端便已注定。

那年的端午节,她生在呼兰河一个地主家庭里,起名张廼莹。("萧红"是其著作《生死场》发表时的笔名。)

按照当地旧俗,端午出生的孩子不吉利,是要克父克母的,再加上"重男轻女"的封建观念以及顽劣、叛逆的个性,让她在这个家里受尽冷落。父亲总给她一副冷冰冰的面孔,连亲生母亲也不怎么待见她。

祖父和后花园,几乎是萧红童年记忆里唯一一点温暖色彩了。祖父教萧红念诗,还带着她在后花园中玩耍。只有和祖父在一起的天空,才是蓝悠悠的,才又高又远。

她写道:"(我)从祖父那里,知道了人生除掉了冰冷和憎恶而外,还有温暖和爱,所以,我就向着这温暖和爱的方面,怀着永久的憧憬和追求。"

萧红记得，祖父时常会把那双多纹又温热的手放在她肩上，而后又放在她的头上："快快长大吧！长大就好了。"

可"长大"是"长大了"，却并没有"好"。

二萧的"倾城之恋"

哈尔滨，一家叫东兴顺的旅馆里，一位面黄肌瘦、蓬头垢面，只有21岁的孕妇，赤着脚在房间里走来走去。

此刻，她在焦急地等待着一封回信。

几天前，萧红投书《国际协报》，向编辑裴馨园求助。信中，她描述了自己的窘境：她与未婚夫汪恩甲一起居住在旅店里，两人债台高筑，无以为继之时，汪恩甲以回家取钱为由，一去不复返了。

旅店老板把挺着大肚子的萧红，赶到了楼上一间堆放杂物的房间里，不停逼债，甚至计划好了要把她卖到妓院里抵债。

"你和我都是中国人，中国人见中国人能不救啊？"信中字字恳切。

她有家，却已经回不去了。

此前，她在素有"东方的莫斯科"之称的哈尔滨开阔了眼界，接受了新思想，父亲却想用婚姻拴住她，断断是不能的了：

她逃婚，还与表哥私奔到北平。

表哥因有家室，在家中断了经济供给后回归家庭。萧红也不得不回到家中，父亲嫌弃她有辱家门将她软禁了起来。后来她再次出逃，一个人流落到了哈尔滨。

至此，她的父亲已经震怒至极，宣布"开除萧红的祖籍"，严令家中子女不许和她交往。

而家中她唯一惦念的祖父也不在了。

妈妈死后我仍是在园中扑蝴蝶；这回祖父死去，我却饮了酒。

我懂得的尽是些偏僻的人生，我想世间死了祖父，就没有再同情我的人了，世间死了祖父，剩下的尽是些凶残的人了。

无依无靠的萧红，为了生计，投奔了自己的逃婚对象汪恩甲，与他同居。可汪恩甲终究是背叛了自己。

寄出去的那封信，对于处于人生低谷的萧红而言，无疑就是最后一根救命稻草了。《国际协报》的裴馨园在收到萧红的求救信后，让萧军先到旅馆走一趟。

萧红和萧军就这样相遇了。

萧军回忆初见萧红的样子，她是那样的寒酸窘迫。

如此落魄的萧红自然不会激起萧军的爱慕之心，只是当萧军无意拿起桌上的一张画与一首小诗时，眼睛被牢牢吸引住了。

> 那边清溪唱着，
> 这边树叶绿了，
> 姑娘呵，春天来了！
> 去年在北平，
> 正是吃着青杏的时候，
> 今年我的命运比青杏还酸？

两人畅谈，临走时，萧军把仅有的五角钱车钱留给萧红，让她买些吃食。

第二天，萧军又来。

第三天，萧军还来。

两人相爱了。

不久后，萧红临产，生下一个女孩，因无力抚养，孩子送人了。

两人出门，衣服都要换着穿。吃不饱更是常有的事，然而，有情饮水饱。"只要他在我身边，饿也不难忍了，肚痛也轻了。"

和萧军在一起生活的前几年，虽然被萧红称为"没有青春只有贫困"，可相濡以沫、患难与共的爱情温暖了萧红。

这或许是萧红一生中最美好的一段时光吧。

共苦却未能同甘

在萧军的鼓励下,萧红写起了小说,正式迈入文坛。

1933年10月,萧红与萧军合著的小说散文集《跋涉》,靠朋友资助,自费在哈尔滨出版。萧红署名悄吟,萧军署名三郎。

《跋涉》的出版,在东北引起了很大轰动,也为萧红从事文学创作打下基础。可是,因《跋涉》中大部分作品揭露了日伪统治下社会的黑暗,歌颂了人民的觉醒、抗争,带有鲜明的现实主义进步色彩,引起特务机关怀疑。

为躲避迫害,萧红、萧军在中共地下党组织的帮助下,辗转流亡到青岛、上海。

在上海,萧红结识了如自己祖父一样可亲可爱的人——鲁迅。她说:"只有鲁迅才安慰着两个漂泊的灵魂。"

萧红经常跑到鲁迅先生家里谈天,讨论写作上的问题。因为先生喜欢北方饭食,萧红就给先生做饺子、饽饽、韭菜盒子、葱油饼。某天,萧红新买了一身衣服,还兴奋地跑到先生面前问好不好看。

为了扶持两位年轻人,鲁迅还特意宴请文坛宾客。

不久,萧红的中篇小说《生死场》就在鲁迅的帮助下,于上海出版了。

虽然萧军的《八月的乡村》在《生死场》之后紧接着发表,可大家普遍认为,萧红才华要高于萧军。萧红的名气让大男子主

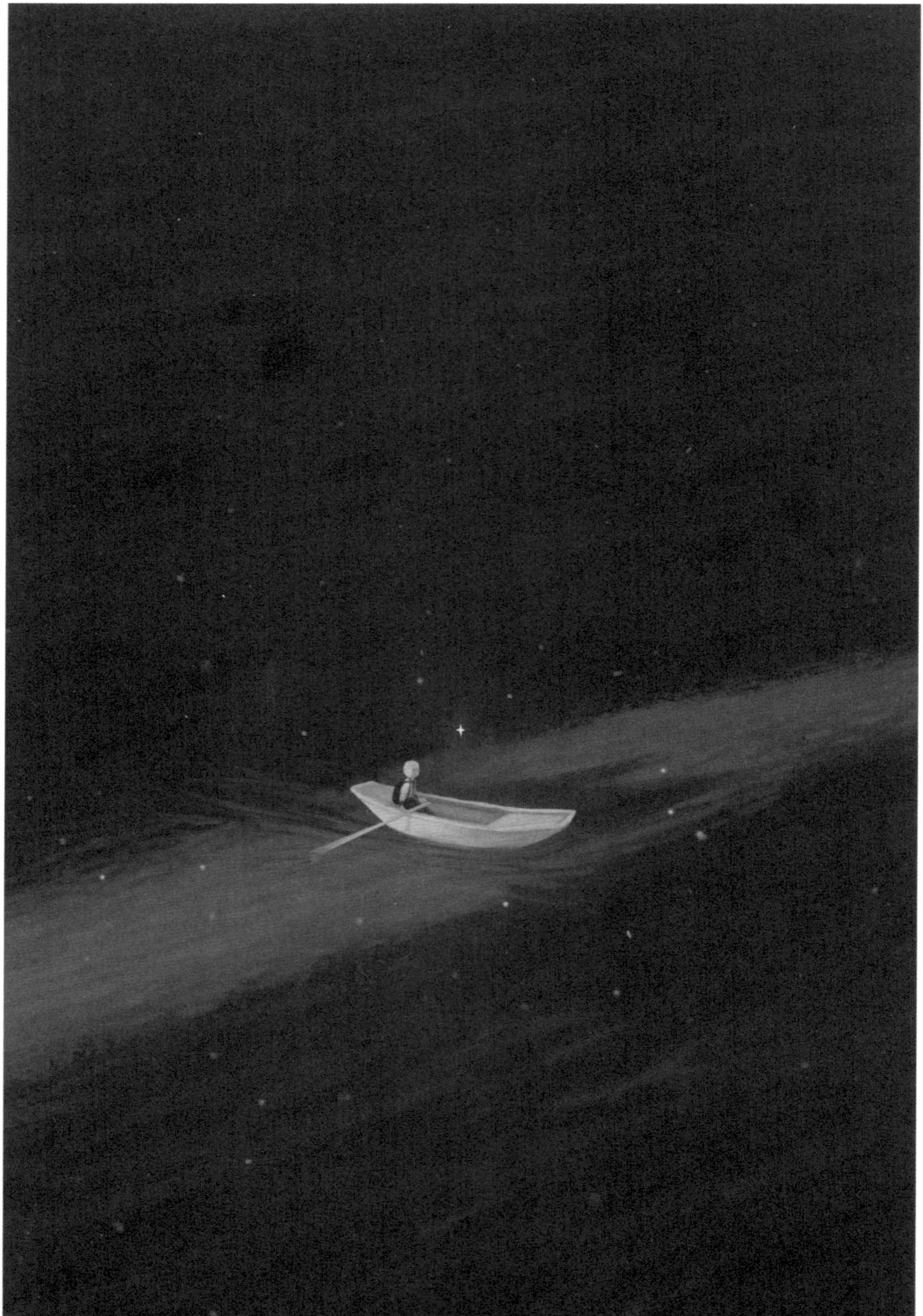

义的萧军感到压力和厌烦。

歌剧《萧红》中甚至将其放大为二人感情破裂的重要原因。事实上，萧军在感情上的不忠才是摧垮爱情的罪魁祸首。"爱便爱，不爱便丢开"，是萧军所谓爱的哲学。这位"多情公子"处处留情，将萧红伤得体无完肤。

军人出身的萧军脾气暴躁，两人经常争吵。有一次，友人见萧红的眼角青紫，问缘由，萧红说，是自己不小心磕到的，而在一旁的萧军则大言不惭："什么跌伤，是我醉酒后打伤的！"

"我好像命定要一个人走"

情感的纠葛让萧红痛苦不堪，她与萧军决定暂时分开。萧红去了日本，萧军去了青岛。两人约定一年后再相见。

在日本不到一年的时间，萧红完全封闭了自己。除了写作，她无事可做，无人可见。

"窗上洒着白月的当儿，我愿意关了灯，坐下来沉默一些时候……是的，自己就在日本。自由和舒适，平静和安闲，经济一点也不紧迫，这真是黄金时代，是在笼子过的。"在给萧军的信中，萧红如此写道。

"黄金时代"后来成为许鞍华导演执导的讲述萧红人生故事的电影片名。

在日本的平静,直到报纸上刊登了鲁迅先生的死讯才被打破。鲁迅去世后,萧红写了成千上万的哀悼文字。

萧红回国了,她做的第一件事,就是去万国公墓看鲁迅先生。没有鲁迅先生亲人一样的庇佑,萧红又是一个人了。

回国后,萧红就不得不再度面对与萧军的关系。遗憾的是,两人的分离并没有让感情的裂痕愈合,他们的关系越来越恶化了。

"此刻若问我什么最可怕?我说:泛滥了的情感最可怕。"

"什么最痛苦,说不出的痛苦最痛苦。"

端木蕻良就是在这时走进了萧红的生活。萧红觉得,这样一个仰慕她的人或许是可以保护她的吧。

萧红向萧军提出了分手:"三郎,我们永远地分开吧。"

"落花无语对萧红"

萧红和端木蕻良结婚了。

武汉大婚那日,据说十分热闹,很多朋友都来了。只是不知命运为何如此荒诞。同萧军生活时,她怀着未婚夫的孩子;同端木蕻良要开始新生活时,萧红怀的孩子的父亲却是萧军。可端木蕻良还是不顾家人的反对,热烈拥抱了萧红,并给了萧红一个婚礼,一个名分。

本以为终于能够过上寻常百姓的安稳日子，可命运到底还是没有眷顾萧红。她与端木蕻良的婚后生活并不十分如意。从武汉到重庆，最终辗转来到萧红人生旅程的终点站——香港。

不知是否因为各自在感情上得不到满足，两人都将注意力集中在文学创作上。即便是染上肺病住进医院，萧红也在坚持写作。

据说萧红住院期间，端木蕻良忙于工作，便托了朋友骆宾基去照料萧红。

"落花无语对萧红"，这是端木蕻良在妻子病重期间的怅然之作。

骆宾基曾回忆说："萧红在死前曾经热切地盼望道：如果萧军在重庆我给他拍电报，他还会像当年在哈尔滨那样来救我吧……"

1942年1月22日，在日军占领下的香港，病魔夺走了她的生命，整个文坛痛惜。

在强调女性独立的时代语境下，萧红依附于多个男人的故事多为世人所诟病。可生于硝烟战火遍布、新旧思想更迭的大时代，在原生家庭受尽冷落，一生都在憧憬、追逐爱和温暖的萧红，其悲剧结局总令人同情。

但愿她在另一个世界飞得高，飞得自由。

就像她在《呼兰河传》里写的：

花开了，就像花醒了似的。鸟飞了，就像鸟上天似的。虫子

叫了，就像虫子在说话似的，一切都活了……要做什么，就做什么，要怎么样，就怎么样，都是自由的。

本文参考资料：
《萧红传》，作者：葛浩文；《萧红小传》作者：骆宾基；《萧红全传：呼兰河的女儿》，作者：季红真；《永远的憧憬和追求：萧红自述》，作者：萧红；《中国群星闪耀时：时代风云中的文人的命运流转之萧红：一个漂泊的灵魂》，李鸿谷主编；纪录片《大师萧红》。

她的故事，仍可温暖你的灵魂

2016年5月25日，杨绛走完了她的百年人生。安静、圆满、豁达、乐观，除了是钱锺书的夫人，她还是难得的文学家、翻译家、剧作家，也是读者眼中坚韧、清朗、独立、充满力量和温暖的女性。

  杨绛本名杨季康，小名阿季，1911年7月17日出生于北京。杨家世居无锡，是当地有名的知识分子家庭。杨绛的父亲杨荫杭学养深厚，早年留日，后成为江浙闻名的大律师。父亲对杨绛特别钟爱，她排行老四，在几个姐妹中个头最矮，爱猫的父亲笑说："猫以矮脚短身者为良。"

  杨绛极喜读书，中英文的都拿来啃。一次父亲问她："阿季，三天不让你看书，你怎么样？"她说："不好过。"父亲接着问："一星期不让你看呢？"她答："一星期都白活了。"

  杨绛和母亲接触较少，行文中也甚少提及。

  "我总觉得，妈妈只疼大弟弟，不喜欢我，我脾气不好。"

家里的女佣们也说:"四小姐最难伺候。"但是杨绛觉得:"其实她们也有几分欺我。我的要求不高,我爱整齐,喜欢裤脚扎得整整齐齐,她们就是不依我。"

1928年,杨绛十七岁,一心一意要报考清华大学外文系,但起了个大早,赶了个晚集——清华招收女生,但南方没有名额,杨绛只得转投苏州东吴大学。求学时老师给杨绛的批语是"仙童好静",她中英俱佳,在英才济济的东吴大学,很快就奠定了自己才女的地位。

杨绛念念不忘清华。1932年年初,东吴大学因学生运动停课,21岁的她北上京华,去了清华当借读生。母亲后来打趣说:"阿季的脚下拴着月下老人的红丝呢,所以心心念念只想考清华。"

同年,杨绛与钱锺书相识相爱,成就一段"我们仨"的世间传奇。两人初见,只匆匆一瞥,甚至没有说话,但都彼此难忘。

钱锺书说:"我志气不大,只想贡献一生,做做学问。"杨绛觉得这与自己的志趣十分相投。

清华大学四年,钱锺书只去过香山和颐和园,同杨绛谈恋爱之后,才破例在杨绛陪伴下进行了北京郊区周边游。

1935年7月,钱锺书与杨绛在苏州庙堂巷杨府举行了结婚仪式。多年后,杨绛在文中幽默地回忆道:"(《围城》里)结婚穿黑色礼服、白硬领圈给汗水浸得又黄又软的那位新郎,不是别人,正是锺书自己。因为我们结婚的黄道吉日是一年里最热的日子。我们的结婚照上,新人、伴娘、提花篮的女孩子、提纱的男孩子,一个个都像刚被警察拿获的扒手。"

钱锺书的堂弟钱锺鲁回忆,钱家规矩大,"一套封建老规矩压在小辈头上",婚姻一般是遵从父母之命,像钱杨这种自由恋爱,"给我们以后小兄弟自由恋爱开了一个好头"。

钱锺书以87.95分的高分获得奖学金后,杨绛也中断清华学业,陪丈夫远赴英法游学。"既然无缘公费出国,我就和锺书一同出国,借他的光,可省些生活费。"她如是说。

钱锺书虽是大才子,但在生活上却出奇的笨手笨脚,在国外更是拙态尽显。杨绛多年后回忆:初到牛津,钱锺书一个人出门,就在下公交车时脸朝地摔一大跤,"吻了牛津的地",把大半个门牙磕掉。杨绛几乎揽下生活里的一切杂事。钱锺书的母亲感慨这位儿媳:"笔杆摇得,锅铲握得,在家什么粗活都干,真是上得厅堂,下得厨房,入水能游,出水能跳,锺书痴人痴福。"为了照顾钱锺书的口味,杨绛学会了做红烧肉,买来雪莉酒当黄酒用,慢慢做出不错的红烧肉,"不断发明,不断实验,由原始人的烹调渐渐开化,走入文明阶段"。

有一次,杨绛做虾给钱锺书吃,假装内行要剪去虾的须子和脚。杨绛一剪,虾疼得直抽搐,她吓得丢下剪子和虾,对钱锺书说以后不吃虾了。钱锺书回答,虾还是要吃的,以后可以由他来剪。

1937年,女儿钱瑗出生,给他们的生活带来了无尽的乐趣。

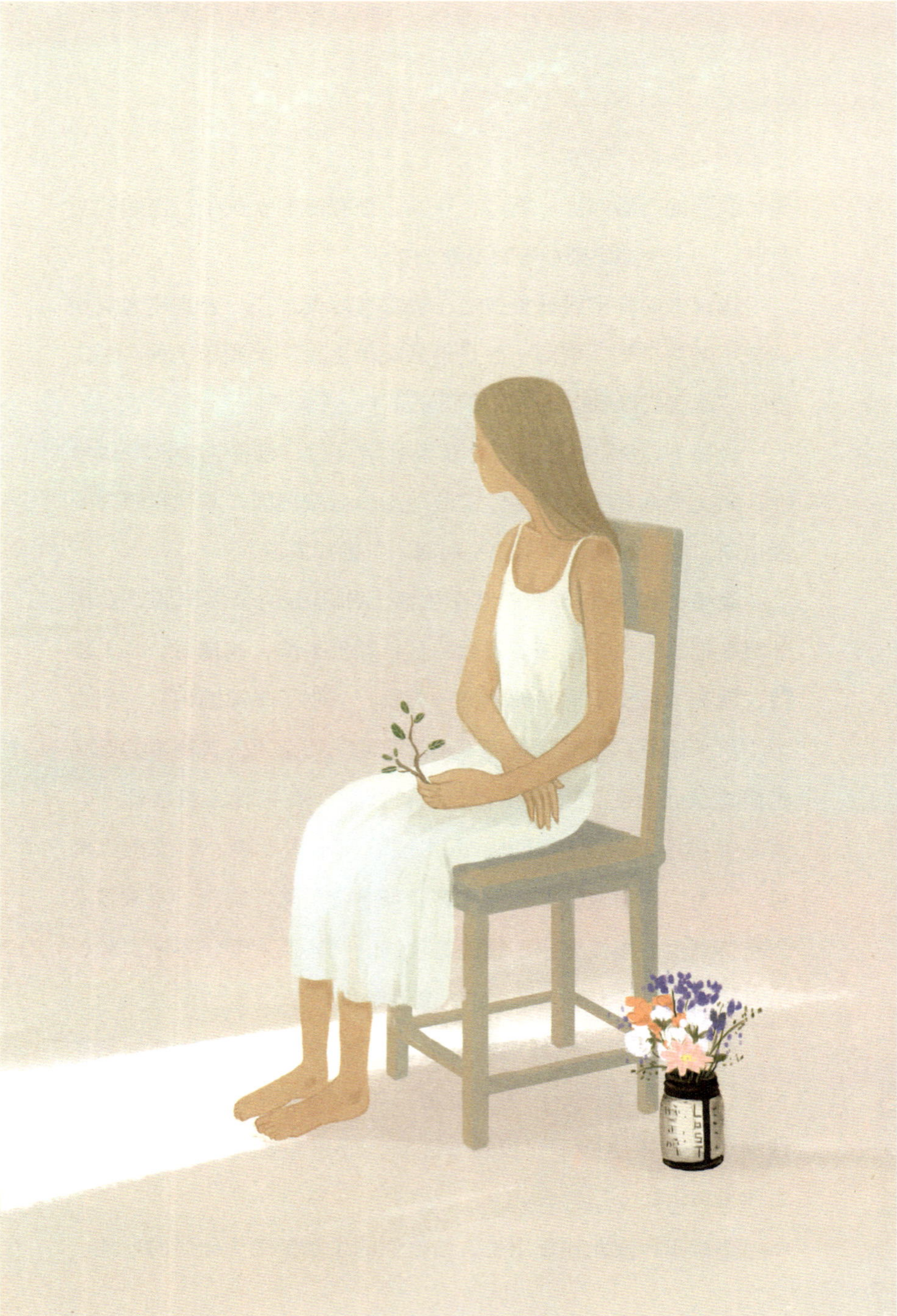

钱锺书致"欢迎辞":"这是我的女儿,我喜欢的。"

杨绛和钱锺书甚少争执,为数不多的一次是因为法语"bon"的读音,杨绛认为钱锺书口音带乡音,钱锺书不服。二人找来同船一位懂英文的法国夫人当裁判,结果裁定杨绛赢。

1938年,杨绛和钱锺书携女儿回国,避居上海孤岛。为维持生计,她做过各种工作:大学教授,中学校长兼高中三年级的英语教师,为阔小姐补习功课,喜剧、散文及短篇小说作者,等等。

在上海期间,有人送给他们一担西瓜,钱瑗兴奋得不得了。杨绛回忆,从前家里买西瓜都是两担三担买,这样的日子,女儿没见过。

钱锺书写《围城》时,杨绛甘做"灶下婢",辅佐夫君全力搞创作,闲时尝试写戏剧,并一举出名,《称心如意》《弄真成假》均大获成功。甚至钱锺书写《围城》被人关注的时候,最简洁的介绍是"杨绛的丈夫"。

杨绛的父亲和姐妹一同去看了《弄真成假》,听到全场哄笑,问杨绛:"全是你编的?"她点头。父亲笑说:"憨哉!"著名剧作家夏衍十分欣赏杨绛,看过她的剧作后,顿觉耳目一新,说:"你们都捧钱锺书,我却要捧杨绛!"

1945年的一天,日本人突然上门。杨绛泰然周旋,佯装倒茶,上楼迅速藏好钱锺书的手稿,可谓十分沉稳。1946年钱锺书出版短篇小说集《人·兽·鬼》时,在自留的样书上,为妻子写下一句浪漫的话:"绝无仅有地结合了各不相容的三者:妻子、情人、朋友。"

1947年,《围城》出版,引起文学界的轰动,钱锺书在序言里毫不吝惜地夸赞自己的夫人:"由于杨绛女士不断的督促,替我挡了许多事,省出时间来,得以锱铢积累地写完。"多年以后,《围城》被拍成电视剧,片头那段著名的旁白"围在城里的想逃出来,城外的人想冲出去。对婚姻也罢,职业也罢。人生的愿望大都如此",便是杨绛的妙手。

女儿钱瑗评价父母两人的文笔:"妈妈的散文像清茶,一道道加水,还是芳香沁人。爸爸的散文像咖啡加洋酒,浓烈、刺激,喝完就完了。"

新中国成立后,杨绛至清华任教,钱锺书开始养猫,特别宝贝。邻居林徽因也养猫,且是一家"爱的焦点"。两家的猫经常打架,钱家的猫太小,常常受欺负。钱锺书特备长竹竿,倚在门口,随时帮自己的猫打架报仇。杨绛担心丈夫为猫而得罪人,引用他自己的话劝他:"打狗要看主人面,那么,打猫要看主妇面了!"(小说《猫》的第一句)钱锺书可不管什么"主人面""主妇面",照打不误。

杨绛受邀翻译《堂吉诃德》,因觉得从英文转译会有损原作,便在年近五旬之际开始自学西班牙语。译稿历经二十多载,终于在1978年4月出版。恰逢西班牙国王访问中国,邓小平把它作为礼物送给了西班牙国王。

杨绛爱开玩笑,在《我们仨》中,杨绛写钱锺书晚年患哮喘,呼吸急促,自己不顾情分地开玩笑称之为"呼啸山庄"。

钱锺书和杨绛两人的助手薛鸿时曾回忆,钱锺书在家里读到什么有趣的书,或者想到什么事情,经常喊着"季康,季康"(杨绛本名),急于跟妻子分享。

杨绛说自己和钱锺书最想要的"仙家法宝"莫过于"隐身衣",隐于世事喧哗之外,陶陶然专心治学。

从1994年开始,钱锺书住进医院,缠绵病榻,全靠杨绛一人悉心照料。不久,女儿钱瑗也病重住院,与钱锺书相隔大半个北京城。当时八十多岁的杨绛来回奔波,辛苦异常。

杨绛向来含蓄节制,举止拿捏恰到好处,从不示人以心绪不好的一面。但是钱瑗病危那天,探访人群走后,家中只剩她一人,在通电话时失声痛哭。

钱锺书病到只能靠鼻饲进食,杨绛亲自做各种鸡鱼蔬菜泥,炖各种汤,鸡胸肉要剔得一根筋没有,鱼肉一根小刺都不能有。"锺书病中,我只求比他多活一年。照顾人,男不如女。我尽力保养自己,争求'夫在先,妻在后',错了次序就糟糕了。"

杨绛把爱女钱瑗称为"我平生唯一杰作",1997年,钱瑗去世。仅一年后,钱锺书也离开了。

"我们三人就此散了,就这么轻易地失散了。"

薛鸿时回忆说:"钱先生火化那天,杨先生没流泪,最后我把钱先生推到火化炉前,杨先生就在那里看,久久不忍离去,好多人都走了,她还是舍不得离开。"

"我们仨"失散后,杨绛"试图做一件力所不及的事,投入全部心神而忘掉自己"。她翻译柏拉图的《斐多》,从古圣贤的著作里寻求安慰。

杨绛不喜过生日,九十岁寿辰时,她为逃避打扰,专门躲进清华大学招待所住了几日"避寿"。

2001年,杨绛把自己和钱锺书毕生的稿费,捐赠给母校清华,并设立了"好读书"奖学金。她说:"我的向上之气,来自于信仰,对文化的信仰,对人性的信仰。"

2003年,《我们仨》出版问世,这本书写尽了她对丈夫和女儿最深切绵长的怀念,感动了无数人。

2004年,《杨绛文集》出版,出版社准备大张旗鼓筹划其作品研讨会,杨绛一口回绝:"稿子交出去了,卖书就不是我该管的事了。我只是一滴清水,不是肥皂水,不能吹泡泡。"

走到人生的边上,她愈战愈勇。钱锺书留下的几麻袋天书般的手稿与中外文笔记,多达7万余页,都被杨绛接过手来,整理得井井有条。

家人说,每次去看杨先生,都预先跟保姆说好,不能去太早。杨先生要梳妆打扮,她穿的衣服全是半新不旧的,可是特别有派,百岁老人还有她自己的气度。

2016年5月25日,杨绛去世。也许,她早就借翻译英国诗人兰德那首著名的诗,写下自己无声的心语:

我和谁都不争,和谁争我都不屑;我爱大自然,其次就是艺术;我双手烤着生命之火取暖;火萎了,我也准备走了。

本文参考资料:

《听杨绛谈往事》,作者:吴学昭;《三联生活周刊》等。

一位演员的独白

《文化十分》 梁珊珊

2019年，我国原创研发治疗阿尔茨海默病的新药获准上市，再度引发公众对这一病症的关注。或许你并不知道，饱受阿尔茨海默病折磨而去世的，还有于是之，谈起当代话剧绕不开的一位演员，经典话剧《茶馆》中第一代"掌柜"王利发的扮演者。生命最后，滚烫的艺术与冷酷的病魔在他体内拉锯，这位老人，会带给我们怎样的感动？

92.7.16

这串数字是于是之发表在《中国戏剧》上一篇散文的题目。

1992年7月16日，于是之最后一次在舞台上出演《茶馆》中的王掌柜。这是《茶馆》演出的第374场。

那一天，台上台下哭成一片。"这个日子，对别的人都没有什么意义，只是那一天在我的戏剧生涯中出了些毛病。它告诫我，从那以后我再也不要演戏了……"

一个话剧演员，偏偏说话上出了障碍；一个把演戏作为毕生事业追求的人，今后却再也不能走上舞台。没有比这再大的打击了。

他早早来到化妆间，无声地抚摸着一件件道具，熟练地拨拉着王掌柜那副算盘珠。已经演出了近四百场的戏，于是之却依旧按捺不住内心的紧张。他甚至对搭档蓝天野说："要是我忘词了，你提醒我点儿。"难以想象，一位以台词功底见长的人艺老演员说出这话时，内心该是怎样的痛苦。

那天，首都剧场的大幕缓缓拉开。第一幕就卡壳了。望着已出场的郑榕，于是之就是喊不出"常四爷"三个字。不止这一处，包括在跟蓝天野扮演的"秦二爷"的一场对白中，于是之也"吃了螺丝"。忘词的现象总共出现了四次。郑榕眼看着自己的老搭档脑门子上的汗不停地流，腿也抖，手也抖，心疼得一度想哭。

"我在台上痛苦极了，好容易勉强支撑着把戏演完，我带着满腹歉意的心情向观众去谢幕。"掌声响起来，比往日还要热烈，很多观众纷纷上台送花束和花篮，有的还让于是之签名。

"感谢观众的宽容。"在给其中一位观众签名时，被问及能不能写点什么话，于是之不假思索地写下这句话。

掌声持续了很久，演员们反复谢幕不止。而于是之却说愧不敢当，几次向观众鞠躬致意。大幕终于要拉上了。突然，观众席里有一个人喊了一句："于是之！再见啦！"他感动地泪流不止，跟跟跄跄地回到后台，险些撞在门上。

观众从这场戏知道，于是之病了。

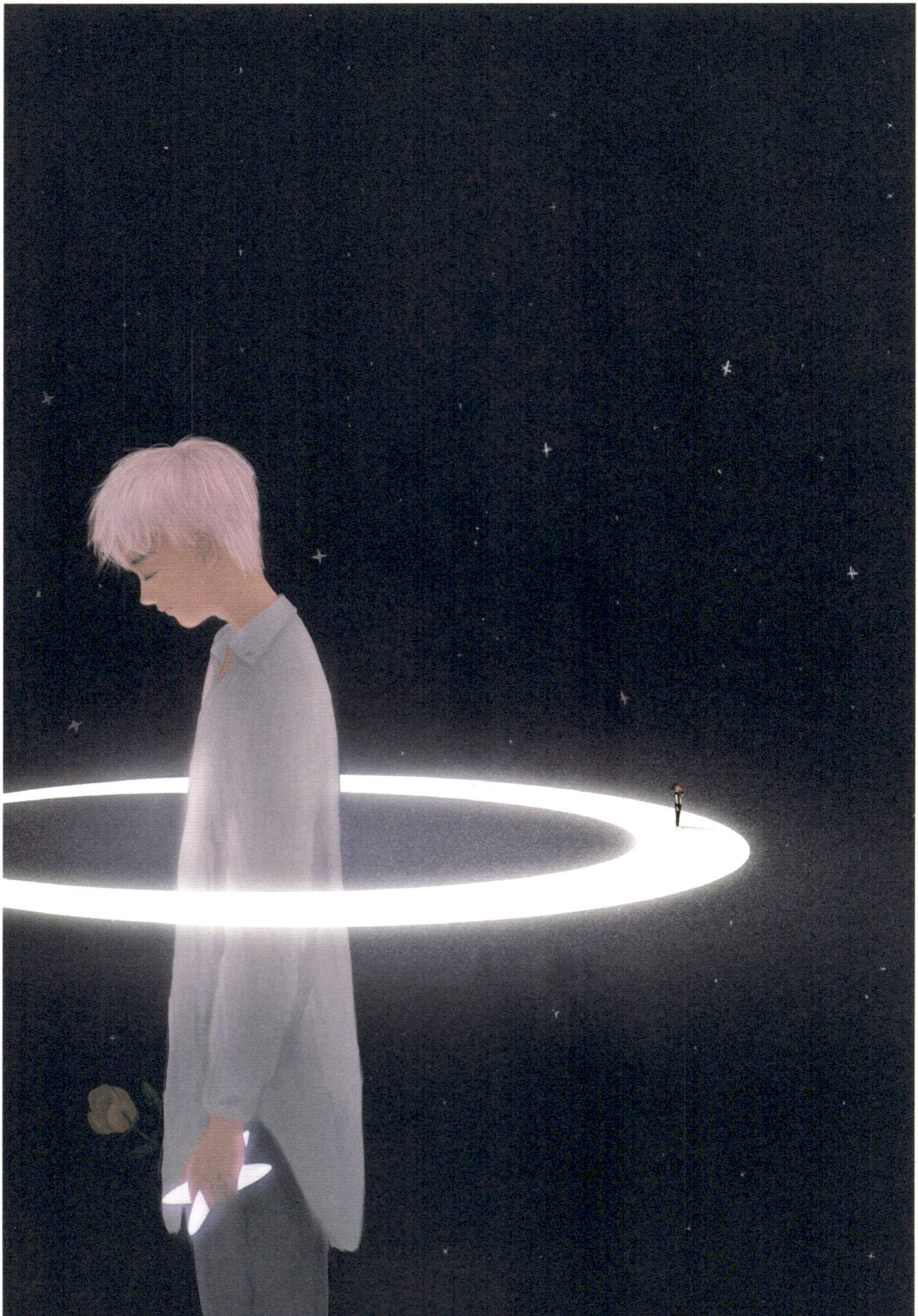

只这一件事,不曾忘

于是之的妻子李曼宜,早在两三年前其实就有所察觉,可埋头于工作的两人一向都对身体不大在意。嘴总是不受控制地动,像嚼口香糖似的,于是之怀疑是牙有问题,才总是磨到舌头。他找到牙医,索性把牙给拔了。可嘴还是不停地动,越着急越紧张就越动,渐渐地连说话都受影响了。

一次又一次忘事儿,剧院很熟的同事,他突然叫不上名字来了;有时他只能表演起那个人的样子,李曼宜才知道他要找谁……直到《茶馆》告别演出两年后,于是之才被确诊为"阿尔茨海默病"。

"是之就是在这样一种身体状况下演的最后一场《茶馆》,他是克服了很多身体上的不适才完成这场演出的。"李曼宜写下的每一个字都透着心疼。

《茶馆》的告别演出结束后,卸了妆,于是之已经疲惫不堪。那晚他站在院子里,淡淡地朝着夜空发出感叹:"以前演戏觉得过瘾,现在觉得害怕。嘴有毛病,脑子也不听使唤,怕出错,紧张极了,可到了还是出了错。"

他有时候会跟朋友自我调侃:"我这辈子说话太多了,老天爷不让我说话了。"虽然嘴上这样说,可李曼宜心里最清楚,于是之到底有多么渴望重回舞台。那些年,只要听说哪个医院有办法治病,李曼宜就毫不犹豫地陪着于是之去尝试。

1996年，已患病多年的于是之受邀客串话剧《冰糖葫芦》，这也是他在舞台上出演的最后一部作品。

开始时很顺利，但在细致排练时，有几句台词于是之总是说不出，四五分钟的戏，硬是排了将近一个小时。没有人不耐烦，可于是之的脸却已一点点泛红，情绪越来越激动，手发抖，说话也愈发不连贯了："我是有病……不然……这点儿戏早就排完了……你们着急，我更着急……我耽误了时间，实在对不起大家……可是没有办法……怎么办呢？到底该怎么办？"

午饭时，他坐在椅子上一动不动，李曼宜把饭送到他面前，他也不吃，也不吭声。他的脸色发白，直瞪瞪的眼睛一直望着楼窗外……李曼宜回忆，那时候的于是之变得非常脆弱和敏感，"不知什么时候想起什么事，或是看到过去的什么东西，如相片、文章，再有是什么人无意中的一句话或一个表情，都会引起他不愉快，有时会暗自生气，也有时会伤心落泪，甚或失声痛哭"。

他自卑地认为自己"没用了"，还跟李曼宜说不愿意见那么多的人，可长时间见不到什么人，他又会觉得人们已把他忘了，也很苦恼。公园散步遇到一些他从前的观众，热情围拢过来的交谈和惦念，让他感受到一些欣慰。

后来，病情越来越重，记忆力一天天衰退，可有一件事他始终不曾忘记——重排话剧《茶馆》。

因为话说不清楚了，李曼宜就帮于是之把意思记下来，拿给剧院的人看："老舍先生的《茶馆》，现在无可怀疑地被公认为艺术精品，不仅话剧史上堪称经典之作，而且也得到了世界上戏剧朋友的承认。像莎士比亚、莫里哀等戏剧家的作品一样，一出《哈姆雷特》《吝啬人》能有各种各样的演出，那老舍的《茶馆》怎么就不能呢？就我所知，在我国香港、日本、美国都有朋友尝试着演出过片段，而我国内地却偏偏没有，我还是想——日思夜想——《茶馆》不应在话剧舞台上消逝。这样的精品，应让更多的人看到它。"

他改写了话剧《茶馆》的结尾

于是之的父亲曾在张学良的部队里当营长，长年在外征战。于是之刚满百天，父亲就阵亡了。父亲去世后，母亲把他带到北京，在西华门外的一个大杂院里找到栖身之处。从此，他跟着寡居的祖母和母亲过日子，过着"一当，二押，三卖，四借"的贫苦生活，16岁就中断了学业。老艺术家黄宗江评价于是之时曾说："于是之师承于生活，师承于北京大杂院。"他一辈子刻画了几十个生活艰辛的小人物形象，无不是于是之童年大杂院生活的投射。

看过《茶馆》的人都知道，最后一幕是"仨老头话沧桑"，漫天飞舞的纸钱是他们为自己的送葬，为旧社会的送葬，也是为一个时代的送葬。这一段戏，成为《茶馆》的"华彩乐段"。然而，老舍原先给《茶馆》设想的结尾却是另外一个版本，说书人是革命者，在宣传革命时，不幸暴露，王掌柜为掩护革命者，奋力救了说书人和听书人，自己饮弹牺牲。于是之向老舍先生提出了自己的意见：结尾能不能改成"三个老头话沧桑"，然后王掌柜再进屋上吊。老舍先生"嗯嗯"两声就说别的了。

不料几天以后，老舍先生写出来了，不是一小段，而是王掌柜、秦二爷、常四爷三位行将就木的老人坐在一起，把一生掏心窝子的话和盘托出。嬉笑怒骂、悲悲凉凉，令人回味无穷。郑榕回想起这件事也自叹不如："我们那会儿的一般演员，也没这水平，也没这胆子，敢跟老舍先生的剧本提意见，末了整个还改场戏，脑子想不到这儿。"

1958年的春节，老舍的《茶馆》首演引起了很大的轰动。老舍先生看完后也兴奋不已，回到家里，内心依然久久不能平静。他坐到书桌前，挥毫写下了一帧条幅："努力如是之者，成功其庶几乎！"于是之收到条幅之后，没有向旁人显露此事，悄悄锁进了写字台的抽屉里。一锁就是三十年。

"大师不能满街走"

改革开放后，《茶馆》从北京一路演到欧洲。当时《莱茵内卡报》对于是之饰演的王利发给出"观众是屏住呼吸观看这个人物,于是之对角色的处理是演出中最高的成就之一"的评价,并且将《茶馆》的演出称为东方舞台上的奇迹。

回国之后,在某次接受媒体采访时,有记者称于是之为"大师"。没想到,这样一个称呼竟然让于是之整整两夜睡不着觉。他觉得这个称呼让他不堪其重。

于是之问老友什么叫"大师"?老友告诉他:"以前无古人的审美内容和审美方法,在艺术史上开宗立派的不朽人物叫大师。"

于是之说:"那请你写篇文章告诉大家,大师不能满街走,我不是大师,不能称大师。"那应该如何称呼呢?于是之说:"我一辈子只认演员二字。"

于是之递上的工作名片上,就只有普普通通的五个大字:演员于是之。这是于是之对演员这份职业的自尊和自重。他在《一个演员的独白》中写道:"演员的创造不能只是演得像了就算。我们所创造的形象必须是一个文学的形象、美术的形象,可以入诗、可以入画的形象。"

他生前酷爱书法,曾写了"学无涯"的字幅高悬家中,时时自勉。他尊重那些有书生气的、"学者化"的演员,而对自己所做的"清醒的、科学的估计"则是"只不过是一个浅薄而能自知浅薄的小学生"而已。即便是晚年与病魔抗争,仍自觉不足,好友曾写贺卡赠他:"祝你健康!因为除了健康之外,你什么都不缺。"于是之却回答:"我还缺文化。"

中国艺术研究院话剧研究所研究员柯文辉对他的评价是:

"在艺术很难有独创的年代,他完成了独创;在很多人走向了平庸的时候,他保持了个性。"

斯人已逝,留得清白在人间

20世纪80年代,北京人艺进入创作黄金期,相继推出了《天下第一楼》《小井胡同》《狗儿爷涅槃》《哗变》《推销员之死》《李白》等一系列重要作品,一时间"风景独好"。只是少有人知道,于是之为此付出的心血。

1985年至1992年,于是之担任北京人艺第一副院长。深知剧本乃剧院兴旺之本,他便在全国剧院中率先成立剧本组,自任组长抓创作。李曼宜回忆,任第一副院长的八年,于是之的工作和他创造角色一样,从来是没有什么上班、下班或休息、放假的。他们家当时就住在首都剧场的四楼,作者来访,随时都可"破门而入"。对于身体状态每况愈下的于是之,李曼宜看在眼里,急在心里。

演出后台,于是之坐在一个角落里,化好了妆,面色极庄重,几乎是正襟危坐。他双目微闭,绝不说一句闲话,渐渐进入角色,单等开幕铃响上台。这是作家舒乙曾经见过的一个场面。"我想,相比演员在舞台上被鲜花、掌声、叫好声环绕,这幅定格的画面似乎更令人动容。这是一位真正对表演有敬畏心和信念感的大艺术家风范。"人真则艺醇。舞台之外的于是之为人不仅虚怀若谷,而且真实、纯粹。

在《我所尊重的和我所反感的》一文中,于是之写道:"若想演得戏真,做人先要真。要真挚地热爱生活,对待生活要有真正的爱与憎,爱其所应爱,憎其所应憎。对待亿万人民的生活与创造,无大喜欢、无动于衷、不动情亦不思索、'无情无义',这样的人当不成演员。"

诚如戏剧评论家童道明对于是之的评价:"他是一个给演员这个职业带来尊严的人。"

2013年1月20日,饱受阿尔茨海默病折磨的于是之离世。"留得清白在人间"是他写下的最后一幅字,也是他一生的写照。

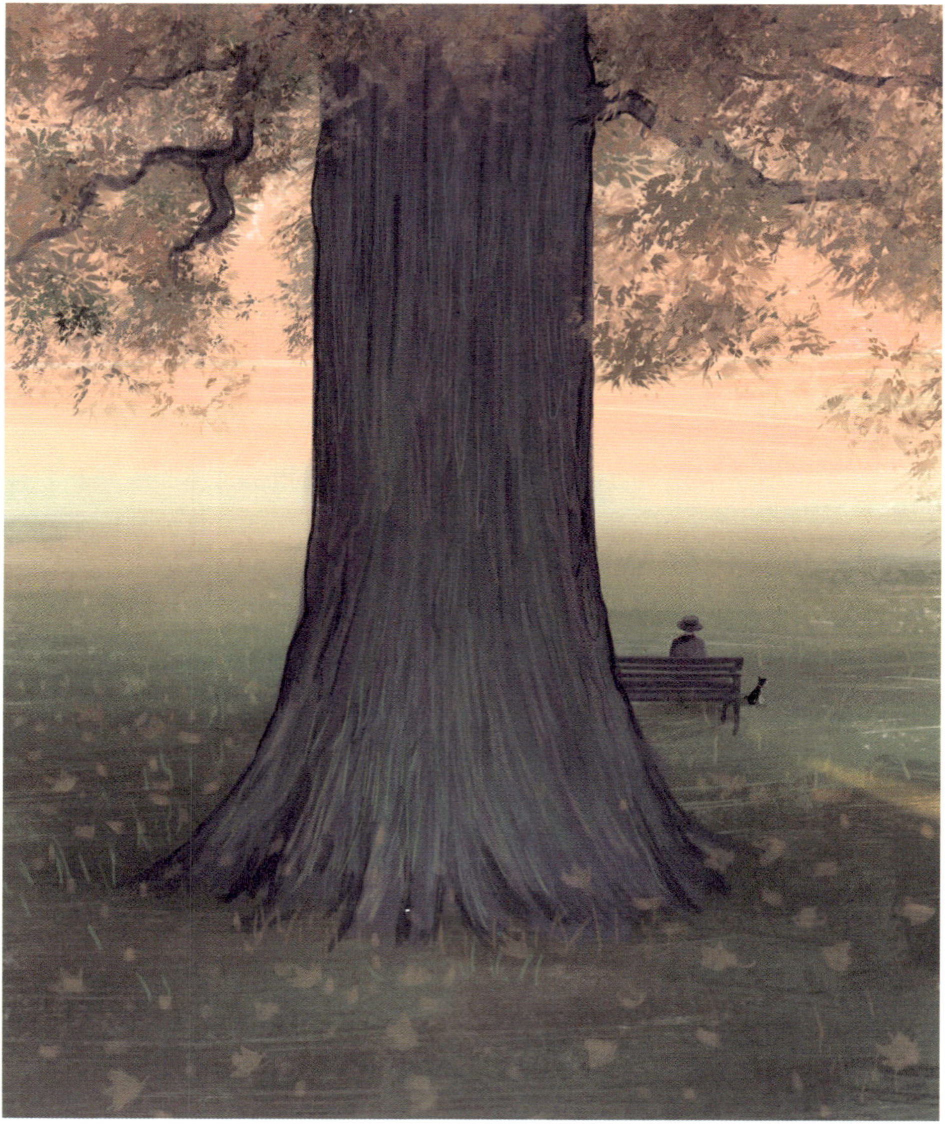

青年啊,你就该去闯!就该执着地活!

他"以命搏文",6年交出一部上百万字的鸿篇巨著——《平凡的世界》。这不仅是一轴气势磅礴的社会历史画卷,也是一部荡气回肠的人生命运交响曲。直到今天,它依然是各大高校借阅量最多的图书之一,无数人在孙少安、孙少平的身上看到了自己的影子。

他给一切卑微的人,带来了勇气和光亮,让他们知道,自己能够走多远。

他,就是路遥。

他的苦难

你别无选择——这就是命运的题旨所在。

——路遥

路遥少时家贫,家里十口人的生计完全依靠父亲一个人,经常揭不开锅。小时候,路遥被父亲寄养到没有儿女的伯父家。伯父家也穷，经常连铅笔都买不起。在《平凡的世界》和《在困难的日子里》等作品中，都有他自己困苦生活的影子。

路遥回忆被寄养到伯父家时的情景曾说道："我知道，父亲是要我掷在这里，但我假装不知道，等待着这一天。那天，他跟我说，他要上集去，下午就回来，明天咱们再一起回老家去。我知道，他是要悄悄溜走。

"我一早起来，趁家里人都不知道，我躲在村里一棵老树背后，眼看着我父亲，踏着朦胧的晨雾，夹个包袱，像小偷似的从村子里溜出来，过了大河，上了公路，走了。

"这时候，我有两种选择：一是大喊一声冲下去，死活要跟我父亲回去——我那时才七岁，离家乡几百里路到了这样一个完全陌生的地方。我想起了家乡掏过野鸽蛋的树林，想起砍过柴的山坡，我特别伤心，觉得父亲把我出卖了……但我咬着牙忍住了。因为，我想到我已到了上学的年龄，而回家后，父亲没法供我上学。尽管泪水唰唰地流下来，但我咬着牙，没跟父亲走……"

而关于路遥的父亲，作家厚夫则回忆道："路遥在临去世之前，曾跟好朋友讲起，他的父亲领着他从清涧的老家，走到了清涧县城。第二天早晨，他的父亲拿着仅有的一毛钱，给他买了一碗油茶。他喝完后，望着爸爸说：爸爸你也喝一碗。爸爸说：我不渴。临去世之前，路遥说，我终于想明白了，（当时）我爸爸手里只有一毛钱。"

他的曙光

一个平凡而普通的人,时时都会感到被生活的波涛巨浪所淹没。你会被淹没吗?除非你甘心就此而沉沦!

——路遥

童年,是路遥人生中苦难的时光;读书,使路遥拥有了仰望星空的人生梦想。

1973年他进入延安大学中文系学习,逐渐开始小说创作。

关于这段往事,路遥大学同班同学张子刚回忆说:"路遥大学期间酷爱读书,可以说达到了如饥似渴的程度。那时他读的好多外国文学名著,我们起初连书名都没有听说过,可是他却读了一本又一本。他读书是分秒必争的,每天晚上都读到很晚才睡觉,有时候一边吃饭还一边读书。记得有一次,我和包括他在内的几位同学去西安收集资料,在铜川到西安的火车上,他一直在读书,直到火车进站。

"我们进大学的时候,听说路遥很早就写东西了,主要是写诗歌,上大学之前他就创办了文艺小报《延安山花》。大学期间,我们见他在不时地写东西。他才思敏捷,当时写诗歌很有激情,写散文富有诗意,当然写小说才刚刚起步。"

他的梦想

人不仅要战胜失败,而且还要超越胜利。

——路遥

1982年,路遥用21个昼夜创作完成的中篇小说《人生》发表,这为他带来了极高的声誉,但他并没有因此而满足。

1983年,路遥决定着手新的长篇小说创作,在尚未动笔前他就已经想好了这部著作的框架:三部、六卷、一百万字。路遥是倔强、不服输的人。他曾说:"我这一生如果要写一部自己感觉规模最大的书,或者干一件一生中最重要的事,那么一定是在我40岁之前。"

在40岁之前,写一部百万字的巨著,这个梦想让他热血澎湃。

对于这件事,作家厚夫曾吐露过一些实情:"创作《平凡的世界》前,路遥做了大量准备工作,他查阅了小说所反映的十年间的各种报纸,工作量非常巨大。手指被纸张磨出了血,只好改用手掌翻阅。前后准备了三年,创作历经六年。写到第二部完稿时,路遥累得口吐鲜血。医院查出吐血的病因是十分可怕的,路遥必须停止工作,才能延续生命。但路遥是不惜生命也要完成《平凡的世界》第三部。他经常是一边流泪,一边写作,眼睛三天两头出毛病。过度的劳累和营养的匮乏,使他几乎无力坐起,只能半躺在桌面上,斜着身子勉强用笔写。这时,他几乎不是用体力,而是完全凭借精神的力量在支撑着最后的工作。他抱定吃苦牺牲精神,甚至是以生命为赌注创作。"

他的爱

　　岁月流逝,物是人非,无数美好的过去是再也不能唤回了。只有拼命工作,只有永不竭止的奋斗,只有创造新的成果,才能补偿人生的无数缺憾,才能使青春之花即便凋谢也是壮丽的凋谢。

——路遥

　　路遥对人生目标的挚诚追求,使他忽略了许多亲情、友情。也许,他的爱,只是深藏在心底。

　　1979年,路遥的女儿出生。关于女儿,他曾写下这样的话:"在一片寂静中,呆呆地望着桌面材料堆里立着的两张女儿的照片,泪水不由在眼眶里旋转,嘴里在喃喃地对她说着话,乞求她的谅解。是的,孩子,我深深地爱你,这肯定胜过爱我自己。我之所以如此拼命,在很大的程度上也是为了你。我要让你为自己的父亲而自豪。我分不出更多的时间和你在一起。即使我在家里,也很少能有机会和你交谈或游戏。你醒着的时间,我睡着了;而我夜晚工作的时候,你又睡着了。不过,你也许并不知道,我在深夜里,常常会久久立在你床前,借窗外的月光看着你的小脸,并无数次轻轻地吻过你的脚丫子。我要用最严肃的态度进行这一天的工作,用自己血汗凝结的乐章,献给远方亲爱的女儿。"

他的坚持

每一次挫折中的崛起都会提示你重温那个简单的真理:一次成功往往建立在无数次失败之中。

——路遥

呕心沥血、殚精竭虑创作完成《平凡的世界》第一部后,这部作品却并没有被当时的文坛所看好。在北京举办的一场研讨会上,"除了极少数人对这部作品给予肯定外,更多的人是给了路遥当头一棒,甚至有的青年评论家,对他使用了非常刻薄的语言"。

许多人认为《平凡的世界》写法太陈旧、没意思。但路遥坚持自己的观点,他认为既然自己写的是最朴素的人,就应该用最朴素的手法来写,绝不在形式上搞过多的花样。

将路遥从困境里解救出来的,是《平凡的世界》在中央人民广播电台的播出。当年,在李野墨的演播下,《平凡的世界》一经播出便创造了很多纪录,并带动了纸质图书的销量。

路遥也是当年的听众之一,他说他是靠听着长篇小说连播,才坚持完成第三部的创作。

他的离去

  生活不能等待别人来安排,要自己去争取和奋斗;不论其结果是喜是悲,但可以慰藉的是,你总不枉在这世界上活了一场。有了这样的认识,你就会珍重生活,而不会玩世不恭;同时,也会给人自身注入一种强大的内在力量。

——路遥

  路遥挚友曹谷溪曾回忆道:"路遥是一位英雄,患病后的路遥仍然是一位英雄!1992年8月6日,因肝硬化住进延安地区人民医院。其实,他在几年前就患了乙肝。他在病痛中坚持完成了《平凡的世界》的创作,还完成了他的创作随笔《早晨从中午开始》。肝硬化,那不是一下就硬化了的,他一直顽强地与疾病斗争,并坚持在病痛中创作,在病痛中去完成《路遥文集》的编辑与出版。"

  1992年11月17日上午8时20分,路遥因病医治无效,走完了他的人生旅程。他留下的作品,一直照耀着、温暖着、指引着无数人。

  或许青年作家萧忆的这段话最能代表路遥对一代人的影响:"有路遥作品陪伴的青春岁月,是夯实的,是充沛的。或许正是基于对路遥作品的痴迷,我才在隐隐之中渐渐迷恋上文学,迷恋上写作。高中的时候,我远离故土,在榆林市求学。榆林新建路的读者图书超市,文学著作琳琅满目。而路遥著作的各种版本,

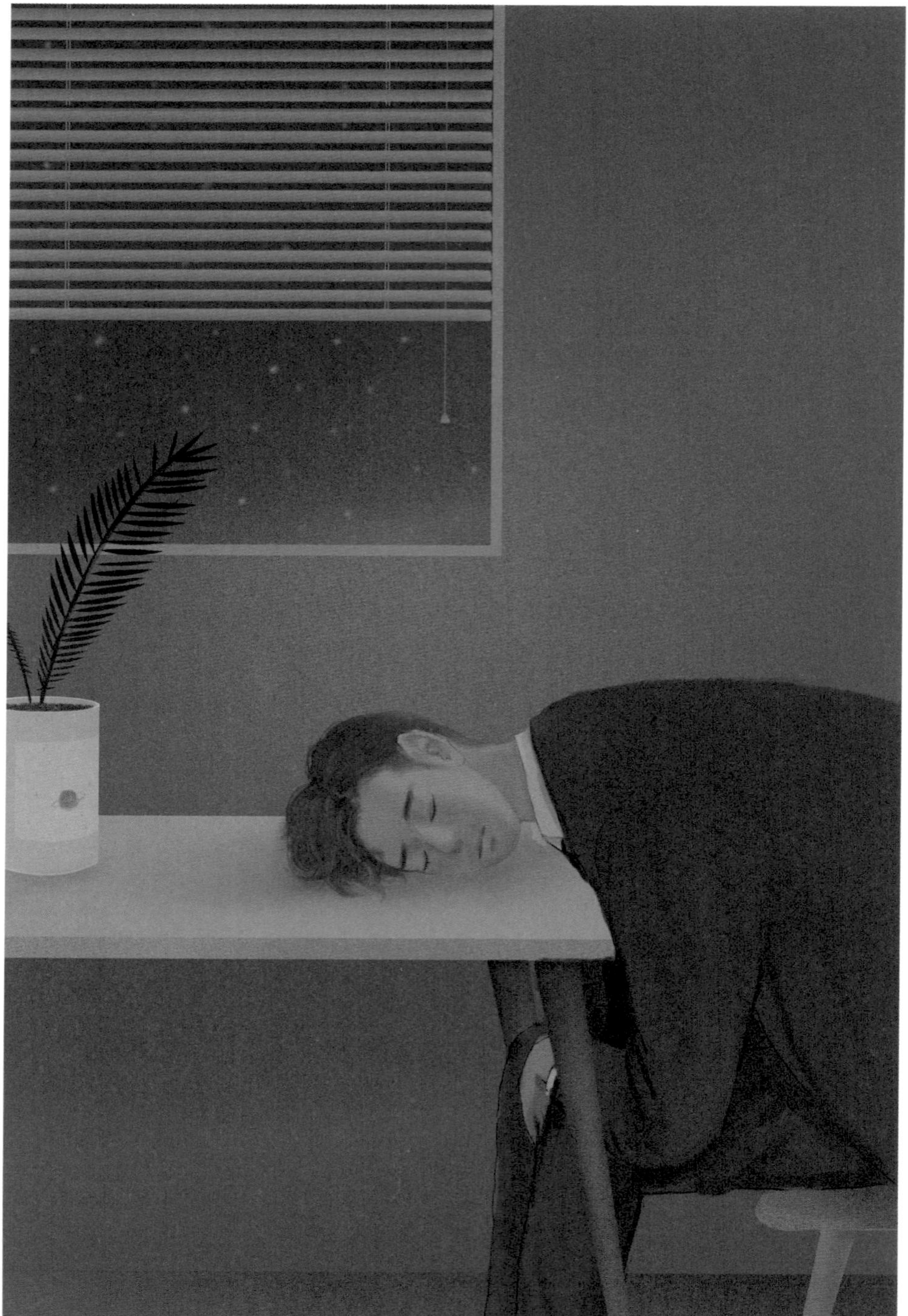

对我的感触，依然如初。那个坐在枯树上抽着烟，戴着黑边框眼镜，表情凝重略有所思的路遥照片，深深烙印在我的内心。"

　　路遥为什么值得被记住？或许就因他用自身经历及作品告诉我们："青年啊，你就该去闯！就该执着地活！"

12月13日,祭她以鸢尾花

有人说,没有她,世界不知多久才能知道南京大屠杀。也有人说,中国人都知道南京大屠杀,却不一定认识她。

1997年,在南京大屠杀惨案发生60年后,日本右翼分子仍觍着脸一次次否认、篡改、抹去暴行时,29岁的张纯如,带着揭露南京大屠杀真相的英文著作《南京大屠杀:第二次世界大战中被遗忘的大浩劫》,闯入东西方视野,引起轰动。为30万亡灵奔走,为正义良知发声,她令南京大屠杀这场浩劫,"由国家记忆上升为世界记忆"。

不忘中国

张纯如,美籍华裔,祖籍江苏省淮安市。她的父母在伊利诺伊大学香槟分校,分别从事物理学和微生物学研究。她1968年出生时,父母给了她中文名"纯如",取纯洁、天真之意。她的英文名叫"Iris",纯如的母亲提到,Iris还有"虹膜"的意思,是眼睛的重要组成部分,帮助我们看见世界,"我们当时并没料想到，纯如的名字居然在某种程度上预示了她的一生"。

张纯如的外公总是教育她和弟弟，不要忘记中国文化，应该学习说中文读中文，"应该为身为中国人而倍感自豪"。所以，纯如一家定下"规矩"：在家说中文，外出说英文。如今看到她在电视访谈中侃侃而谈的音像时，我们很难想象，小时的纯如在学校里"害羞得要命"，一度被老师认定有语言障碍，还送去参加了"会话治疗课程"。

跟大多数中国孩子一样，在她的整个童年，南京大屠杀一直深藏于心，"隐喻着一种无法言说的邪恶"。"日军不仅会将婴儿劈成两半，甚至砍成三四段；曾有一段时间，长江都被鲜血染成红色。"小纯如记得，父母在给她讲述这些时，声音"因愤怒而颤抖"。

还在读小学的纯如遍寻当地的图书馆，试图查找南京大屠杀的相关资料，结果一无所获，"在我的世界历史教材里，什么都找不到。更糟糕的是，我的老师们居然对这件事一无所知。"

写作，心之所向

1985年，张纯如被伊利诺伊大学录取，攻读数学和计算机学双学位。她很享受大学生活，还去参选了要求"智慧与美貌并存"的"校友返校节皇后"，成为10个入选女学生之一。最终未能当选"皇后"，但是作为"返校节公主"参加了游行庆典的她,也很有人气。

在学校派对上,张纯如与又高又帅的"学霸"布瑞特·道格拉斯一见倾心。一年之后,就在他们1988年10月初次见面的地方,布瑞特向纯如求婚了。

他们相濡以沫16年,在《南京大屠杀:第二次世界大战中被遗忘的大浩劫》致谢的最后一段,可与她共享一段难得的柔软时刻:感谢我的丈夫布瑞特·道格拉斯。在研究南京大屠杀过程中,一个个骇人听闻的故事给研究者带来无尽的精神折磨,他毫无怨言地陪我承受着这一切。他的爱、智慧和鼓励给了我完成本书的力量。

当发现自己真正热爱的还是写作时,张纯如决定追随心之所向,大三转到了新闻系。父母尊重她的决定:"我们相信,只有读她真心喜欢并愿意投入时间的学科,她才会有所成就。"她作为"新手记者"发表的第一篇文章,标题是《跳跳糖:真好玩,还是真要命?》,这是一篇做了大量资料收集工作的深度报道。后来,她先后为《纽约时报》《芝加哥论坛报》和美联社等撰写了重要新闻稿件。

张纯如曾编辑了一份详尽的诺贝尔奖和普利策奖获奖作品清单,以及奥斯卡获奖电影名单,并着手阅读其中每一部作品,观看每一部影片。连休息日都在系统研究这些著作和电影。她一生写就了三本书,全与中国有关。第一本是钱学森的传记,中文翻译成《蚕丝:钱学森传》。张纯如称"钱学森的故事犹如史诗",为了深入采访收集资料,她在1993年第一次回到中国。

被遗忘的大屠杀

1994年12月13日,一次纪念南京大屠杀受害者的会议给了张纯如极大的震撼。组织者在会议大厅展出了海报大小的南京大屠杀照片,张纯如看到了"平生所见最令人毛骨悚然的照片",经历了一场"瞬间晕眩"的心灵地震,她后来写道:除非有人促使世界记住这段历史,否则悲剧随时可能重演。心念至此,我突然陷入巨大的恐慌。

如果不是我,会是谁呢?

她下定决心,去书写人类历史至黑至暗的这一页。后来当《南京大屠杀:第二次世界大战中被遗忘的大浩劫》出版之后,记者问,"为什么你决定写这本书?"

她说:"我不想这段历史从此消失,我不想这么多人的性命,从此灰飞烟灭。"平和而坚定。

其实,在该书的序言,她也早已写下心迹:忘记大屠杀就是二次屠杀。南京大屠杀幸存者的人数正在逐年减少,趁这些历史见证者尚在人世,我最大的愿望就是本书能起到抛砖引玉的作用,激励其他作家和历史学家调查南京大屠杀幸存者的经历。或许更重要的是,我希望本书能唤醒日本人的良知,承担他们对南京大屠杀应负的责任。忘记过去的人注定要重蹈覆辙。

1995年的那个夏天,27岁的张纯如在南京待了25天,查阅南京大屠杀资料及走访幸存者。协助她的中方人员发现,张纯如很敏感，也很理性，对任何不明白的问题都会追问到底。她问得"很细节"："1937年的冬天冷吗？""1937年南京人吃什么？""1937年南京的马路是柏油路还是石子路？"她是想了解南京人在和平时期的生活状态，这样比对写出来，人们才更能知晓侵华日军到底对这片大地犯下了什么罪行。

当时担任纯如翻译的杨夏鸣回忆，"她的中文水平一般，不能读懂中文资料，所以我要逐字逐句为她翻译。她很认真，十分严谨，常常用美国材料与中文材料核对事实。她听不大懂南京大屠杀幸存者的方言，但她全录下来了。她这个人通常会打破砂锅问到底，有时真觉得她有些偏执。"

曾协助过张纯如的一位老师，还记得这样一个细节：有时她甚至不得不停下正在打字的双手，以稳定自己的情绪。在打字记录日军暴行时，她会不停重复："人怎么可以这样？人怎么可以这样？"

关于这场南京大屠杀的写作，最难的，要数阅读一桩又一桩的日军暴行记录。有时，她觉得痛苦万分，几乎要窒息，必须起身远离那些文件，深吸一口气。

1996年4月的一个晚上，纯如的母亲记得，女儿打电话来说，最近总是睡不着觉，经常做噩梦，体重也减轻许多。头发一掉就是一大团。因为很担心女儿的健康，她便问，是不是还想继续写这本书？纯如说："是的，妈妈。我现在所承受的这些与在大屠杀中死去的那些遇难者的遭遇完全无法比拟。"她还说，"作为一名作家，我要将这些遇难者从遗忘中拯救出来，替那些喑哑无言者呼号。"

必须提及的是，在发掘资料的过程中，张纯如还发现了昭示侵华日军罪证的强有力的史料：《拉贝日记》《魏特琳日记》，且成为助其公诸于世的关键人物。约翰·拉贝被称为"中国的辛德勒"，明妮·魏特琳保护了大量南京妇女免遭日军蹂躏。

1997年11月，在"南京大屠杀60年祭"之前，张纯如写就的《南京大屠杀：第二次世界大战中被遗忘的大浩劫》出版，成为"世界上第一部用英语全面研究南京惨剧的专著"，影响了西方主流社会对南京大屠杀的认知。不久，这本书就登上了非小说类畅销书排行榜，长达3个月之久，后被翻译成十几种语言。

"忘记大屠杀就是二次屠杀。"一位作家说，由于张纯如的这本书，"第二次南京大屠杀"为之终结。

可想而知，这本书及作者旋即遭到了日本右翼势力的围攻。不过，张纯如冷静而专业，写下回击的文章，在电视节目中舌战右翼。1998年，日本驻美大使齐藤邦彦发表声明，污蔑书中"包含众多极其不准确的描述和一面之词……"。

在与齐藤邦彦的对质辩论中，张纯如要求日本"发自内心地做出道歉"："首先，日本需要诚实地承认关于其暴行的基本事实，然而许多篡改历史分子仍拒绝承认。然后，一份书面道歉以及对受害者的赔偿是必须的……同时还要在日本的教科书中写入有关日本战争侵略的内容……"而齐藤邦彦只是用一贯的套话搪塞了过去。

这本书，文字灼人，多少中国人不忍细读，泛起的涟漪远超我们想象。图书签售时，许多亚洲老人都找到了张纯如：中国

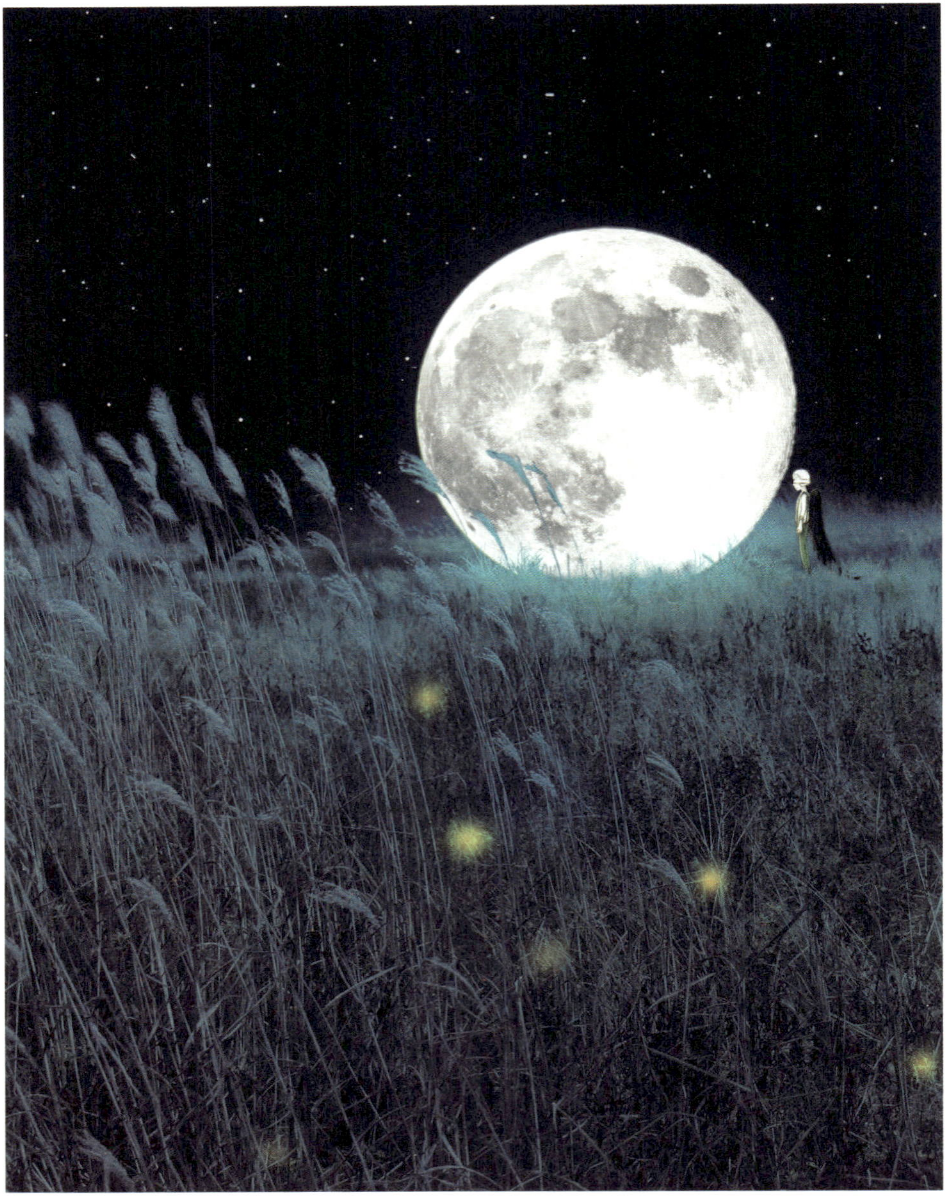

人、韩国人、菲律宾人、新加坡人、印度人……流着眼泪感谢她写了这样一部书。令人触动的,还有一位老华侨的讲述:

作为一个来美定居30多年的"老华侨",我很有"理由"不关心中国文化。比如,对中国历史社会感到很遥远;既已入美国籍,落地生根;现实生活忙碌,哪有时间去想那么遥远、那么抽象的事;况且中国问题那么复杂,我这样一个文化边缘的人能起什么作用?

可是4月17日那一天,我在伯克利听张纯如讲南京大屠杀后,我的种种"理由"不得不丢进字纸篓。假如张纯如、拉贝都那么关心中国,我作为一个吃中国奶水、在中国文化土壤生长过,后来移民来美国的"老华侨",真的有理由不关心中国大地的一切吗?

祭她便以鸢尾花

前几年,有过这么一个热议提问:"南京大屠杀和我有什么关系?"有一条高赞回答,讲述的就是张纯如的故事。如果一个中国人还在问"南京大屠杀和我有什么关系?",那么南京大屠杀和远在中国之外的她,又有什么关系?可她,用尽全力,甚至用尽一生做了回答。

2004年11月9日,张纯如在车内饮弹自杀,年仅36岁。遗书写着:当你相信你拥有未来时,你想到的是一年复一年,一代又一代；而当你不相信时，日子不是以天——而是以分钟来计算的。我之所以这样做，因为我太软弱，无法承受未来那些痛苦和烦恼的岁月。每一次呼吸都变得更加困难……就好像正在溺毙于汪洋大海之中。

长期浸染在尽显人性恶劣、残忍血腥的历史中；频繁的通宵工作；日本右翼分子多次发来的死亡威胁；抗精神病药物带来的副作用……这些都成了解释张纯如精神崩溃的缘由。当很多人将纯如之死抹上殉道者的悲壮色彩时，她的家人希望关心纯如的人"不要只关注她因何而死，而是关注她因何而活"。

与张纯如有过多次交往的朱成山（侵华日军南京大屠杀遇难同胞纪念馆原馆长）痛惜道："对于中国人，他们失去的是一个正直的同胞和朋友；对于整个世界，他们失去的则是一个勇于说真话并努力让别人相信事实的人。"

她的母亲张盈盈说："我的立场独特：我可以用余生追悼我的爱女，或者我可将自己的所失转化为某种积极举动。对我来说，完成纯如未竟的事业——教育下一代记住残忍的历史教训，以求历史不会重演——也是我的使命。"

2017年4月，以"不能忘却的纪念"为情感纽带的张纯如纪念馆，在她的祖籍之地江苏省淮安市开馆。那里有一段她生前说过的话，也在被一遍遍传诵："请你务必、务必、务必相信一个人的力量。一个人可以令世界大为改观。你是一个人，你可以改变数百万人的生活。志存高远，不要限制住你的目光，永远不要放弃你的梦想或理念。"

张纯如的英文名Iris还有一个含义是鸢尾花,这也是她生前最喜欢的花。每年12月13日,世人祭她便以鸢尾花。

张纯如说过:"每个人都会死两次——一次是肉身的死去,一次是在记忆中的消亡。当故事就此失传时,我忍不住流泪。"她让故事不再失传,而她的故事,也注定会被我们一代代讲下去。

本文参考资料:
《南京大屠杀:第二次世界大战中被遗忘的大浩劫》,作者:张纯如;《张纯如:无法忘却历史的女子》,作者:张盈盈。

风在吼,马在叫,黄河在咆哮

"风在吼,马在叫,黄河在咆哮,黄河在咆哮……"这几乎是融入每个中国人血脉中的旋律!

说到《保卫黄河》,如何能不提《黄河大合唱》?说到《黄河大合唱》,又如何能不提它的曲作者冼星海?我们撷取了一些他的人生片段,是对这位"人民音乐家"的怀念,更是致敬。

♪

1905年,冼星海的母亲黄苏英孤身一人在一艘破船上生下他,因家境贫寒身边一无所有,唯有朗星满天、海平无际,因此取名"星海"。

♪

儿时，母亲常给冼星海唱一首叫《顶硬上》的粤语民歌，歌词里唱："顶硬上，鬼叫你穷，铁打心肝铜打肺，立实心肝去揸世，揸得好，发达早，老来叹番好。"

这位伟大的母亲用朴实的民歌滋养儿子的音乐情趣，用歌词启蒙的方式教育他从小就要坚韧不屈，这大概也是冼星海在日后艰辛的求学过程中，总能咬紧牙关坚持下去的原因。他说："母亲是我的第一个音乐老师。"

祖父去世后，母亲带着年幼的冼星海辗转漂泊多年，吃了不少苦。在新加坡养正学校，冼星海的音乐才能初显，并遇到了对他颇为赏识的林耀翔校长，他十分赞赏冼星海在贫困环境中的坚韧毅力，以及不卑不亢的自信气质，说他"唯其刻苦耐劳之精神，勤奋向学之毅力，实有过人之处。且不以贫苦而自卑，此则非一般儿童所能及"。

1921年，林耀翔被聘为岭南大学附属华侨中学校长，他挑选了冼星海等20多名学生离开养正学校，到广州就读华侨中学。一年后，冼星海升入岭南大学附属中学继续学习。自此，冼星海沿着音乐的道路向前，一路奔向"黄河之声"。

♪

  冼星海的求学之路并不顺畅,从广州到北京,从北京到上海,他一路颠沛流离,屡遭坎坷。在上海国立音乐院学习期间,冼星海开始思考"学音乐到底是为什么"这样的问题,他把自己的想法写成了一篇题为《普遍的音乐》的文章发表在校报上,说:"学音乐的人要负起一个重责,救起不振的中国。""做普通人所不能做到的事情,而且要吃普通人所不能吃的苦。"

  1929年,24岁的冼星海决意前往巴黎继续追求音乐梦想。初到异国,语言不通、身无分文、无亲无故的冼星海不得不勤工俭学,餐馆跑堂、理发店杂役……这些活儿,他都做过。这一时期的生活,用他自己的话来说,就是"贫困极了,常常妨碍学习"。生活虽然艰难,但冼星海总是千方百计寻找可以学习音乐的机会,繁重的工作之余,他仍坚持学琴、读谱、练习作曲。

  冼星海在巴黎的住处十分简陋,那是个不足十平方米的顶层阁楼,只有斜置的屋顶上开着一个天窗。夏天闷热至极,有时只能将头伸出天窗外,才能呼吸一下新鲜空气。当时同在巴黎求学的小提琴家马思聪这样描述这间狭小的所谓"房子"只有一个成人的高度,一张床紧贴着一张台子,台子上是一面叫作"牛眼"的朝着天空的玻璃窗。星海练琴时就站到台子上,上半身伸出屋顶,伸向天空,练习他的音阶。

  有一次,因为白天上课已经很累,回来又一直工作到很晚,冼星海在端菜上楼时，因为眩晕，连人带菜摔倒在地，被骂了一顿之后，第二天就被开除了。在这样的心境下，他写下了三重奏《风》，他曾解释道："我打着颤，听寒风打着墙壁，穿过门窗，猛烈嘶吼，我的心也跟着猛烈撼动，一切人生的、祖国的苦辣、辛酸、不幸都汹涌起来，我不能自已，借风述怀，写成了这个作品。"

也许是"祸兮福之所倚"吧，这首绝境中写下的《风》，让他得到著名作曲家保罗·杜卡斯的赏识，随后他考入巴黎音乐学院高级作曲班，成为杜卡斯的学生。

♪

冼星海在巴黎求学期间，正是祖国灾难重重、危机严重的时候，这常常使他深为忧虑："我想到自己多难的祖国，和三年以来在巴黎受尽的种种辛酸、无助、孤单，悲怆抑郁的感情混合在一起，我两眼里不禁充满了泪水，回到店里偷偷地哭起来。在悲痛里我起了怎样去挽救祖国危亡的思念。"

1935年，学有所成的冼星海回到上海，时局动乱、战火纷飞的祖国局势，让一心救国的冼星海迅速加入抗日救亡运动中，短时间内就谱写了大量抗日救亡歌曲，他的学生评价这些作品"热情坦荡、一泻而下，但又坚实敦厚，劲拔有力，那激愤的节奏，沉毅和灵动的旋律，仿佛每个小节都经过南国海水的冲荡和阳光的投射"。

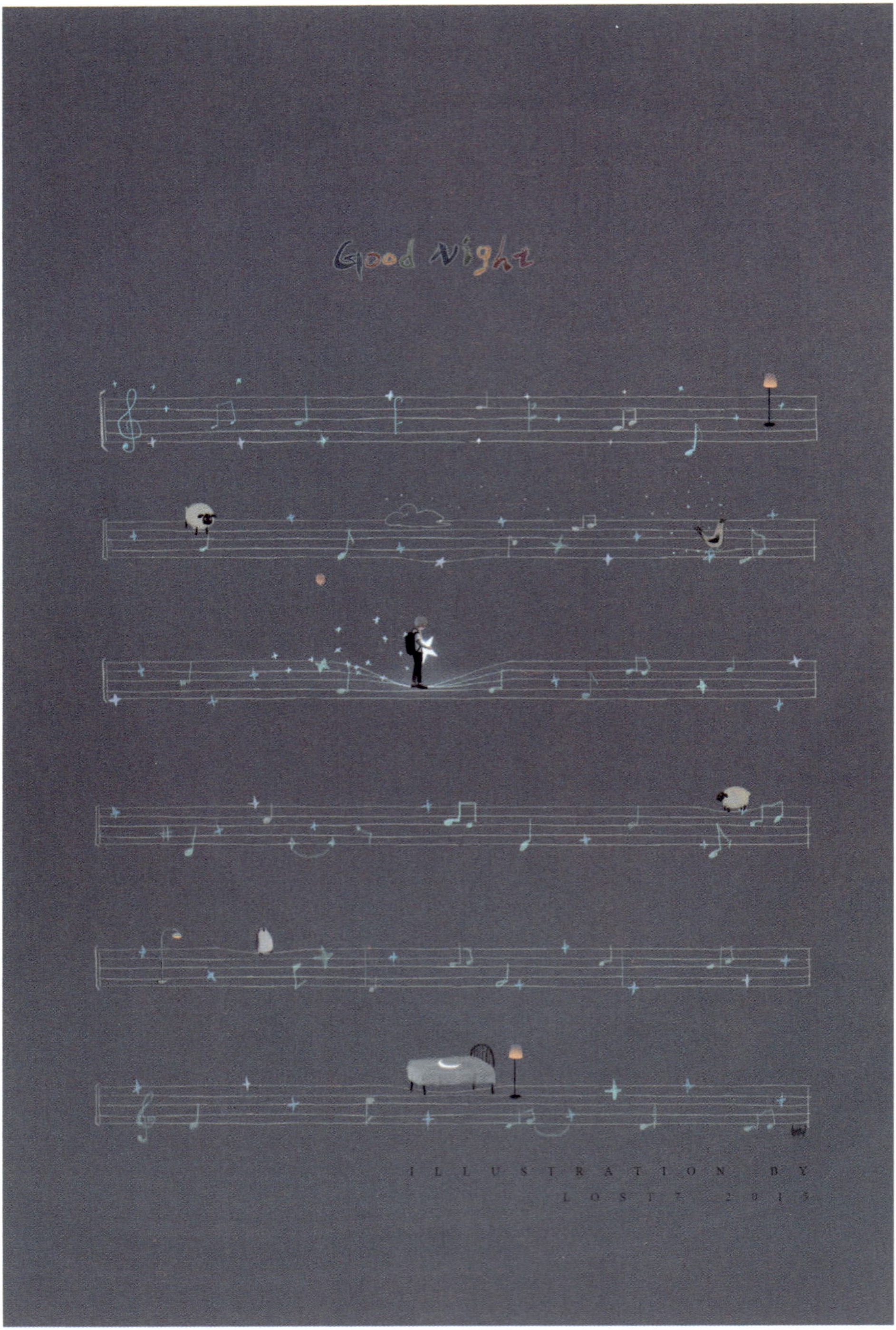
Good Night
ILLUSTRATION BY
LOST7 2015

1937年，冼星海32岁。在忙于救亡音乐创作的过程中，爱情在不经意间发生了。在一次会议上，冼星海第一次见到了钱韵玲，他在日记中这样描述："她朴素、诚恳、热情，给我留下了深刻的印象。"

乍见心欢，久处更不厌。有一次，歌咏活动结束后下起了大雨，冼星海送钱韵玲和她的伙伴回学校。钱韵玲给他端来热水洗脚，换上干爽的靴子。冼星海回去后在当天的日记中写道："我觉得她心地太好。她又天真可爱，外表美又能处处表现出来，内心美更切实。我不禁很感动，甚至我要爱恋她起来！"

1938年11月，两人一起奔赴革命圣地延安。在那里，冼星海完成了他一生的伟大杰作，也是中国音乐史上里程碑式的巨作——《黄河大合唱》。

《黄河大合唱》创作背后的故事，也如其激昂的词曲一样扣人心弦。

1939年2月，诗人光未然因为行军坠马受伤到延安治疗。冼星海在探望这位老友时，谈到了再次合作的想法。不久，光未然将自己两次横渡黄河与沿河行军的感受，以及由此激发的民族自豪感与抗日救亡的激情，写成长篇歌词。冼星海看后兴奋不已，当即表示："我有把握将它写好！"

创作过程中，冼星海不厌其烦地追问渡河的经历和种种细节，让战友模仿渡河时听到的"船夫号子"。

经过6天的日夜突击，反复琢磨和修改，冼星海完成了《黄河大合唱》的全部曲调。

至此,《黄河大合唱》横空出世,雄壮激奋、气势磅礴的乐音震撼了神州大地,成为中华民族的时代最强音。

据词作者光未然的回忆,冼星海在创作《黄河大合唱》时,工作毅力惊人,一开始写作就不愿休息。偶尔斜躺在小床上抱头沉吟,忽地又起来振笔疾书,他的头脑里仿佛有无尽的乐语如泉涌,唰地流出来,这就使他经常处在一种兴奋得无法自抑的精神状态中。他不抽烟,爱吃糖,写作时以糖果代烟。延安买不着糖果,光未然托人买了两斤白糖送给他。大包的糖放在桌上,写几句便抓一把送到嘴里,转瞬间,糖水便化为笔端美妙的乐句。

♪

1939年5月11日,在鲁迅艺术学院周年纪念晚会上,冼星海亲自指挥"鲁艺"合唱团演出了《黄河大合唱》。这场用口琴、三弦、洋油桶、搪瓷缸伴奏的演出,令台下发出热烈而持久的掌声。这一天,冼星海在日记中写道:"我永不忘记今天晚上的情形。"

♪

演出过去仅4天,冼星海便郑重递交了入党申请书:"我像许多青年人一样，愿意把自己献给党。"6月14日，他的入党申请得到了批准。这一天，也成了他心里"生命上最光荣的一天"。

与此同时，冼星海的生活也迎来了新变化。1939年8月，冼星海的女儿出生了，他给女儿起了一个非常好听的名字——妮娜。

1940年5月，冼星海接受中央派遣前往莫斯科，彼时，女儿妮娜未到周岁。一朝分离，即成永别，直到生命的最后一刻，他都未能回到祖国，与母亲倾诉、与妻女重逢。

♪

为了在国外更好地开展工作，冼星海曾两次改名。去莫斯科时，他改用化名黄训，后来苏联卫国战争爆发，他流落到乌兰巴托，改名孔宇。

多年的劳累奔波和营养不良击垮了冼星海的身体，在颠沛流离、极其困苦的生活中，冼星海却仍想着安慰相隔万里之遥的妻子，在信里"撒谎"说："我在这里身体比前健壮硕大，精神健全，食欲增加，工作更比以前进步，见识亦较以前广泛，身心非常愉快。"同时，他仍保持着旺盛的创作热情，在病中完成了《中国狂想曲》和六十首中国歌曲。

♪

1945年10月30日，冼星海病逝于莫斯科，年仅40岁。

1983年，冼星海的骨灰回到了祖国，暂存在八宝山革命公墓内，并于1985年被护送迁回广州，安放在广州白云山下的"星海园"里。

1985年12月，为纪念人民音乐家冼星海，广州音乐学院更名为星海音乐学院。

冼星海的一生，是漂泊动荡的，但他对信仰却是执着忠诚的。在一波高过一波的人生磨难中，他从未放弃自己的理想与信念，从未放弃对祖国深沉的爱，并用自己一生的心血，浇灌出为人民而奏的不朽乐章。

黄河滚滚向前，浪潮奔腾不休。这融入血脉的旋律，会鼓舞一代又一代中国人，不畏艰险，奋勇向前！

本文参考资料：

公众号"星海音乐学院"文章《黄河赤子——冼星海》等。

命运把我放在哪里，我就落在哪里

1939年一个秋寒的傍晚，北平城内一座四合院的花园里，一个15岁的少女，看着一只伏在地上将死的蝴蝶，觉得"生命是如此之短促，如此之脆弱"。有感之下她写了这样的诗句：

几度惊飞欲起难，晚风翻怯舞衣单。

三秋一觉庄生梦，满地新霜月乍寒。

这个少女就是叶嘉莹，后来被称为"诗词的女儿""中国最后一位穿裙子的'士'"。

苦厄与丰盈

叶嘉莹的诗很美，但与这种美极不相对的，是她命运多舛、苦厄交杂的一生。顺着她的人生轨迹细数，不难发现，命运似乎在其人生的各个节点"以痛吻之"：年少丧母，历经战乱；离乡背井，丈夫入狱；寄人篱下，苦撑家计；及至半百，痛失爱女……

如她自己所说："一世多艰，寸心如水，也曾局囿深杯里。"

面对这些难关,是诗词给了她无限的力量,正如《掬水月在手》的导演陈传兴所说的那样:"她所遭遇的这些苦,已经通过诗歌,转化成一种五彩斑斓的、非常女性的美,就像电影中旗袍锦缎的那一幕一样。"

1941年,叶嘉莹的母亲忧思成疾,身染重病,去天津租界动手术,但终于还是因为手术感染,溘然长逝于从天津回北京的火车上。在母亲离开后,叶嘉莹将悲痛与后悔写进八首《哭母诗》:

噩耗传来心乍惊,泪枯无语暗吞声。
早知一别成千古,悔不当初伴母行。

随丈夫赵东荪来到台湾后,叶嘉莹的生活再起波澜。因为"白色恐怖",赵东荪被捕入狱,叶嘉莹也受到牵连,警察把她和未满周岁的女儿一起带到警察局,勒令她写自白书。出来后,她已无家可归,只能投奔丈夫的姐姐,和女儿在他们家的走廊上打地铺。《转蓬》一诗所写的,就是这段时间的漂泊:

转蓬辞故土,离乱断乡根。
已叹身无托,翻惊祸有门。
覆盆天莫问,落井世谁援。
剩抚怀中女,深宵忍泪吞。

52岁时,叶嘉莹再次遭遇人生重大变故,大女儿和女婿在车祸中丧生,她一口气写出十首《哭女诗》,字字泣血:

平生几度有颜开,风雨一世逼人来。
迟暮天公仍罚我,不令欢笑但余哀。

王国维说:"天以百凶成就一词人。"这话用来形容叶嘉莹最合适不过。人生的动荡、哀情、苦闷、不公,全都化进她笔下的一首首诗里,并通过这样的方式,得以被消解。"人生的流转,人生的命运,不是你能掌握的。我这个人,没有什么远大的志意,我从来不去主动追求什么,把我丢到哪里,我就在那个地方尽我的力量,做我应该做的事情。"强大的人当如是:命运把他放在哪里,他就落在哪里,就在哪里开花。

学生与老师

教书,是伴随叶嘉莹一生的事业;老师,是她一生中最重要的身份。她自己则说:"古人说'人之患,在好为人师',我觉得我就是。"

但在成为老师之前,她也是学生,也有自己的老师。叶嘉莹天生就是个好学生,从初三到高三毕业,她一直是第一名,大学

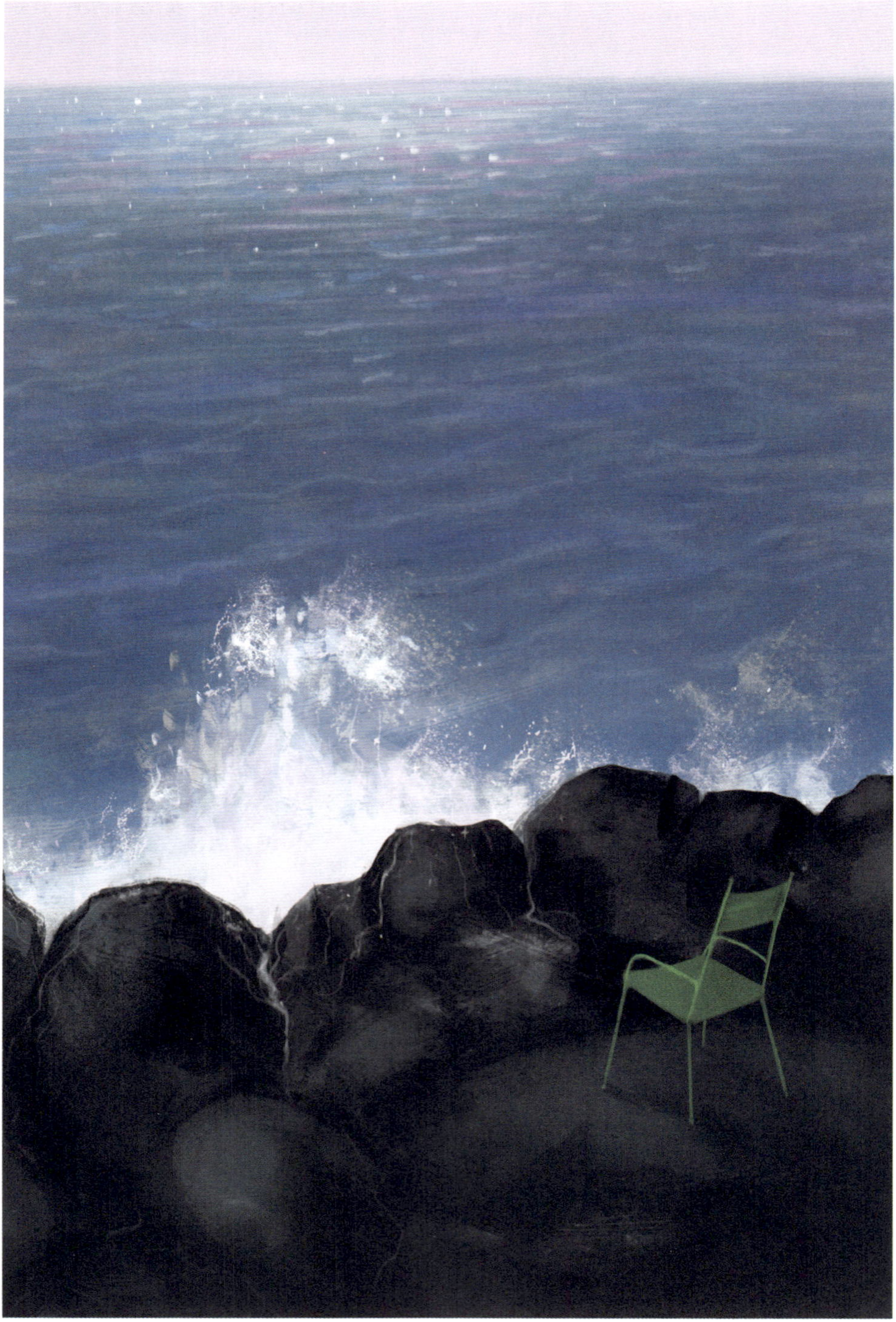

从二年级到四年级毕业，她还是第一名。进入辅仁大学后，叶嘉莹跟随古典诗词研究名家顾随学习唐宋诗。提起恩师，叶嘉莹这样说："他讲诗讲得非常好，有时也教我们作诗。我从小就在家里作诗，就把旧作抄了几张纸送给老师看，顾先生看了以后对这些诗很赞赏，这更加激发了我写诗的兴趣。"

刚开始，顾先生还会对叶嘉莹的诗进行评点、修改，到后来，叶嘉莹交上去的诗，他只字不改，叶嘉莹说："交上去六首，他回给我六首，以这样的方式与我唱和。"顾随曾这样评价叶嘉莹："以无生之觉悟，为有生之事业，以悲观之心境，过乐观之生活。"由此可见他对这位学生的赏识。因为出色的才华，等到叶嘉莹自己成为老师，亦深受学生的爱戴，无论是早年在北京执教时，还是后来去到台北；无论是在海外，还是回归故土后。

作家白先勇谈起叶嘉莹在台大教书的时候，自己就算逃课，也要去听她的诗词课，听了整整一年；汉学家宇文所安说自己是受到了叶先生的影响，才深深地爱上了中国诗词；诗人痖弦回忆到新派诗人和旧诗人曾经互不来往，是叶先生让他们坐在一张桌子上"吃粽子"……

很多人说她可能天生就是教书的，这话不假，在加拿大不列颠哥伦比亚大学教书时，她讲的课也很受欢迎："本来这班课只有十六七个学生，我去讲就变成六七十个了。"

到20世纪70年代，叶嘉莹来到南开大学授课，更是盛况空前：她的课被安排在南开主楼的阶梯教室里，没过两天，大家就闻风而来，不仅座位上，阶梯上、窗台上、窗户外面都是人，学生们"挂在那儿听"。因为人实在太多，学校甚至出动了"纠察队"。后来中文系不得已想出一个办法：持听课证入场。但"上有政策，下有对策"，学生们为了听叶先生的课，竟自制了许多"山寨版"听课证。

叶先生和学生间的故事，有感念，有趣谈，也有难免的伤感。陈传兴在拍摄《掬水月在手》时，采访了很多叶先生的学生，当时有几位采访对象已经在癌症晚期，"但是在谈到叶先生时，他们眼中还是闪烁着火花，让我感觉到叶先生跟他们的关系已经不只是一种师生关系，还有一种更深的、整个人生上的友谊。"无论何种，人生得一良师，都是莫大的幸事。

漂泊与回归

叶嘉莹一生漂泊，辗转海内外多地，从大陆到台湾，再到美国、加拿大，又从海外再回到祖国。无论在何地，只要有诗，她就满足，她就废寝忘食。"关起门来读书写作，成为习惯了。"

1954年，叶嘉莹进入台湾大学执教，利用暑假编写了《杜甫秋兴八首集说》。在那个没有复印机、打字机的年代，她顶着酷暑，每天挤公共汽车去查书，找善本，一个图书馆、一个图书馆地跑，一个字一个字地抄。

后来，她被邀请去哈佛大学当客座教授。回忆起当年在哈佛大学研究王国维诗词的情况，她用"乐以忘忧"来形容："哈佛大学的图书馆五点关门，大家都要被赶出去。经海陶玮教授的帮忙，我得到特别的允许，可以一个人留在图书馆，爱工作到什么时候就工作到什么时候。早中晚三个三明治，用一个烧水壶烧水喝，每天工作到半夜。我虽然没有什么成就，但是对于读书、研究，我真的做到了孔子说的'发愤忘食，乐以忘忧'。"

等到她正式赴加拿大不列颠哥伦比亚大学任教，用英文教授古诗词又成了新的挑战。为此，她每晚查着英文字典备课到凌晨两点，就这样，用蹩脚的英语把诗歌的感动讲出来了。中国和加拿大建交后，流转半生的叶嘉莹决定回到祖国。1974年，她第一次回到北京探亲，看到幼时常去的西长安街的灯火，她不禁感动落泪，写下长诗《祖国行》，其中写道：

卅年离家几万里，思乡情在无时已。
一朝天外赋归来，眼流涕泪心狂喜。

几年后，经历过丧女之痛的她突然顿悟：把一切建在小家小我之上，不是一个终极的追求，她要有一个更广大的理想。她决定回国教书，为祖国的教育尽一分力量："将古代诗人们的心魂、志意这些宝贵的东西传给下一代。"

从此，漂泊半生的叶嘉莹开始一步步完成自己回归，并最终将根落在了南开大学。

强者与弱德

曾在央视公开课的现场，白岩松问了叶嘉莹这样一个问题：您在我们很多人眼里是一个强者，因为一路走得不容易，那您为什么要提倡"弱德之美"？

所谓的"弱德之美"，是叶嘉莹对词体的美感特质提出的一种本质性说法，它的内涵是在强大的外势压力下，所表现的不得不采取约束和收敛的属于隐曲之姿态的一种美。凡是被传统词评家所称述为"低回要眇""沉郁顿挫""幽约怨悱"的好词，其美感之品质原来都是属于一种"弱德之美"。

这个阐述可能有些晦涩，但叶嘉莹用了一首词浅显地将它的内核表达了出来。清代词人朱彝尊有一首非常著名的词《桂殿秋》，里面写道：

思往事，渡江干，青蛾低映越山看。
共眠一舸听秋雨，小簟轻衾各自寒。

它讲的是朱彝尊的一段不被世俗认可的爱情，同坐一艘船，可两人却只能"你忍受你的寒冷和孤单，我也忍受我的寒冷和孤单"。这种对于自己感情的节制,这种约束,这种品德,这种忍耐承受,就是弱德的美。

叶嘉莹说,词本身存在于苦难之中,而且也在承受苦难,这就是所谓的"弱"。而在苦难之中,你还要有所持守,完成自己,这就是"弱德"。若以此来观照叶嘉莹的一生,也许可以明白她是依靠何种力量——战胜人生中那些猝不及防的苦难。她说:"我不想从别人那里去争什么,只是把自己持守住了,在任何艰难困苦中都尽到了自己的责任。我提倡'弱德之美',但我并不是弱者。"

去与留

为了推广诗词教育,叶嘉莹多次为南开捐款,总金额已达3600万元。这是她个人的毕生积蓄,其中包括她变卖天津和北京的两处房产所得。

对于这件事,她并不愿意多谈,对于那些过分关注这件事的人,她也直言:"我觉得这些人很无聊,这些人眼里只有钱,他不懂学问。我本来要跟你讲学问,但看样子你对于学问是没有兴趣的。"

这是"去"。

如今的叶先生,已近百岁,仍然思绪敏捷,谈吐清晰,说到正在做和接下来要做的事，她说："我正在整理我的吟诵录音。我觉得中国旧诗的生命，是和它的声音结合在一起的。很多现代人诗作得不好，是因为他不会吟诵。我现在最后要完成的工作，就是把吟诵完成，把我们中国传统的吟诵留给后人。"

至于会有怎样的效果，她看得很开，表示："我留下的这一点海上的遗音，现在的人不接受也没关系，也许将来有一个人会听到，会感动。"

这是"留"。

本文参考资料：

《从漂泊到归来》，作者：叶嘉莹；《央视新闻公开课》节目；《面对面》节目；《叶嘉莹：中国最后一位女先生》，《时代人物》等。

鲁迅：这些话我真的说过

说到鲁迅，若让你用一个词形容，可能多半会是：严肃、清醒、犀利、不苟言笑，以及教科书里的"背诵全文"……但这样的鲁迅着实有些片面，他其实还是个特别好玩和可爱的人，严肃中不失温柔，清醒中不失有趣，犀利中不乏幽默。

不一样的"迅哥"，了解一下！

"吃货"鲁迅

一到晚上就特别想吃东西这件事，可不是当代"干饭人"特有的，鲁迅先生也常常半夜饿得睡不着辗转反侧呢！

夜里睡不着，又计划着明天吃辣子鸡，又怕和前回吃过的那一碟做得不一样，愈加睡不着了。

——《集外集》

鲁迅不仅爱吃辣，甜的更喜欢，喜欢到什么程度呢？半夜也要起来偷食。

午后,织芳(即荆有麟)从河南来,谈了几句,匆匆忙忙地就走了,放下两个包,说这是"方糖",送你吃的……

景宋(即鲁迅的夫人许广平)说这是河南一处什么地方的名产,是用柿霜做成的,性凉,如果嘴角上生些小疮之类,用这一搽,便会好……可惜到他(她)说明的时候,我已经吃了一大半了。连忙将所余的收起,豫备(预备)将来嘴角上生疮的时候,好用这来搽。

夜间,又将藏着的柿霜糖吃了一大半,因为我忽而又以为嘴角上生疮的时候究竟不很多,还不如现在趁新鲜吃一点。

不料一吃,就又吃了一大半了。

——《华盖集续编》

因为来家中做客的人多,一些"密斯得"(英语Mister的音译,意为先生)常常将自己心爱的点心吃得一个不留。这还得了,他赶紧发起"点心保卫战",想了个名曰"花生政策"的妙招——

于是很有戒心了,只得改变方针,有万不得已时,则以落花生代之。这一著(着)很有效……

——《华盖集续编》

喜欢吃还不算,鲁迅还以"发扬中华美食"为己任,做起了"美食推广大使",对成果还颇为得意:

我常常宣传杨桃的功德,吃的人大抵赞同,这是我这一年中最卓著的成绩。

——《在钟楼上》

迅哥，吃货做到这个份上，只能说：服气！

"宠娃狂魔"鲁迅

很多人可能不知道，那个"横眉冷对千夫指"的鲁迅，还是个十足的"宠娃狂魔"，他对儿子周海婴的宠爱，简直到了恨不得对全世界说"快来看我的娃有多可爱"的地步，就算是偶尔的"抱怨"，也透着无限宠溺。

在给友人的信里，他说：

海婴，我毫不佩服其鼻梁之高，只希望他肯多睡一点。

在给母亲的信里，他事无巨细地报告着儿子的一切：

海婴很好，脸已晒黑，身体亦较去年强健，且近来似较为听话，不甚无理取闹，当因年纪渐大之故，惟每晚必须听故事，讲狗熊如何生活，萝卜如何长大，等等。颇为费去不少工夫耳。

在给好友萧军的信里，说起儿子不肯好好吃饭这件事，居然透着点委屈：

这时我也往往只好对他说几句好话，以息事宁人。我对别人就从来没有这样屈服过。

当然，有时候他也会因为孩子太闹而抱怨，但连抱怨也是可爱的：

他大了起来，越加捣乱，出去，就惹祸，我已经受了三家邻居的警告，——但自然，这邻居也是擅长警告的邻居。但在家里，却又闹得我静不下，我希望他快过二十岁，同爱人一起跑掉，那就好了。

真偶尔生气起来，打骂几句，也是做个样子，因为儿子说了：

打起来，声音虽然响，却不痛的。

放到现在，妥妥的"宠娃狂魔"没跑了！

"时尚先生"鲁迅

鲁迅先生对时尚也很有一番自己的见解，他那么宠爱海婴，却独独因为孩子不肯模仿自己的穿着而气呼呼："海婴大了，知道爱美了。他什么事情都想模仿我，用我来做比，只有衣服不肯学我的随便，爱漂亮，要穿洋服了。"

来看看鲁迅先生的时尚心得。

关于颜色搭配：

各种颜色都是好看的，红上衣要配红裙子，不然就是黑裙子，咖啡色的就不行了。这两种颜色放在一起很浑浊……

关于身材和搭配：

人瘦不要穿黑衣裳，人胖不要穿白衣裳。脚长的女人一定要穿黑鞋子，脚短就一定要穿白鞋子。

关于身材和花纹：

方格子的衣裳胖人不能穿,但比横格子的还好……横格子的胖人穿上,就把胖人更往两边裂着,更横宽了,胖人要穿竖条子的,竖的把人显得长,横的把人显得宽……

以上均出自萧红写的《回忆鲁迅先生》。

"恋爱中的男人"鲁迅

鲁迅和夫人许广平的许多往来书信都被收录在《两地书》一书中,看完之后,不得不说,迅哥儿说起情话来,也是够甜的,堪称"异地恋如何给对方安全感指南"。感受一下:

我寄你的信,总要送往邮局,不喜欢放在街边的绿色邮筒中,我总疑心那里会慢一点。

没有一个爱字,但就是甜。

听讲的学生倒多起来了,大概有许多是别科的。女生共五人。我决定目不邪(同"斜")视,而且将来永远如此,直到离开了厦门。

这不就是"我的眼里只有你"!

包裹已经取来了,背心已穿在小衫外,很暖,我看这样就可以过冬,无需棉袍了。

好好珍惜对方的心意。

昨夜发飓风,拔木发屋,但我没有受损害。

时时给对方报平安。

我看你的职务太烦剧了，薪水又那么不可靠，衣服又须如此变化，你够用么？……我希望你通知我。

时时关心和跟进对方的状况。

学到了，迅哥！

"怼言大师"鲁迅

如何不失风度地结束一场争论？

呵呵，祝你安好。

——《而已集》

从来如此，便对么？

——《呐喊》

如何气定神闲地吐槽别人的文章写得不行？

我所佩服诸公的只有一点，就是这种东西也居然会有发表的勇气。

——《估学衡》

如何反击"你行你上"的抬杠言论？

譬如厨子做菜，有人品评他坏，他固不应该将厨刀、铁釜交给批评者，说道你试来做一碗好的看。

——《热风》

鲁迅不仅怼别人，也"怼自己"，当然，我们常常把这称为

"自嘲"，因为灵魂有趣，所以不端着也不拘束。

　　我自己总觉得我的灵魂里有毒气和鬼气，我极憎恶他（它），想除去他（它），而不能。

——《致李秉中》

　　当年广州的一些进步青年创办"南中国"文学社，希望鲁迅给他们的创刊号撰稿。鲁迅却说：

　　要刊物销路好也很容易，你们可以写文章骂我，骂我的刊物也是销路好的。

"人间真实"鲁迅

　　在不想上班这件事上，大部分人类好像是共通的，任是鲁迅这样的大文豪，说起工作也是怨念万分呀：

　　我想此后只要能工作赚得生活费，不受意外的气，又有一点自己玩玩的余暇，就可以算是万分幸福了。

——《两地书》

　　他还说过这样的大实话：

　　梦是好的，否则，钱是要紧的。

——《坟》

　　那怎么面对生活中的种种郁闷呢？鲁迅的办法是：

　　我自己对于苦闷的办法，是专与袭来的苦痛捣乱，将"无赖手段"当作胜利,硬唱凯歌,算是乐趣,这或者就是糖罢。但临末也还是归结到"没有法子",这真是没有法子!

——《两地书》

当然,鲁迅也说啦,这只是他"自己的办法","写了出来,未必于你有用"。

"段子手"鲁迅

有人说,要是鲁迅生活在现在,很有可能是个"脱口秀演员"或"段子手",因为他真的太有意思了。

他有位好朋友叫川岛(即章廷谦),刚结婚时鲁迅送给他一本书,赠言写的是:

请你从"情人的拥抱里",暂时汇出一只手来,接收这干燥无味的《中国小说史略》。我所敬爱的一撮毛哥哥呀!

说自己偶尔看见了几篇将近二十年前写的文章,第一反应是:

这是我做的么?我想。看下去,似乎也确是我做的。

——《坟》

更不用说那句著名的:

在我的后园,可以看见墙外有两株树,一株是枣树,还有一株也是枣树。

——《秋夜》

即便在离世前写的文章中,也能看出这个人骨子里的洒脱和趣味,其中有几条遗嘱是这样的:

不得因为丧事,收受任何人一文钱。但老朋友的,不在此例。

赶快收殓,埋掉,拉倒。

不要做任何关于纪念的事情。

忘记我,管自己生活。倘不,那就真是糊涂虫。

——《死》

"金句大师"鲁迅

对于现在网络上真真假假的各种"鲁迅语录",他本人如果知道,大概会有三个反应:

1. 我说过这样的话。——《致增田涉》

2. 我实在没有说过这样一句话。——《致台静农》

3. 名人的话并不都是名言。——《且介亭杂文二集》

这样的鲁迅,你有没有更爱?

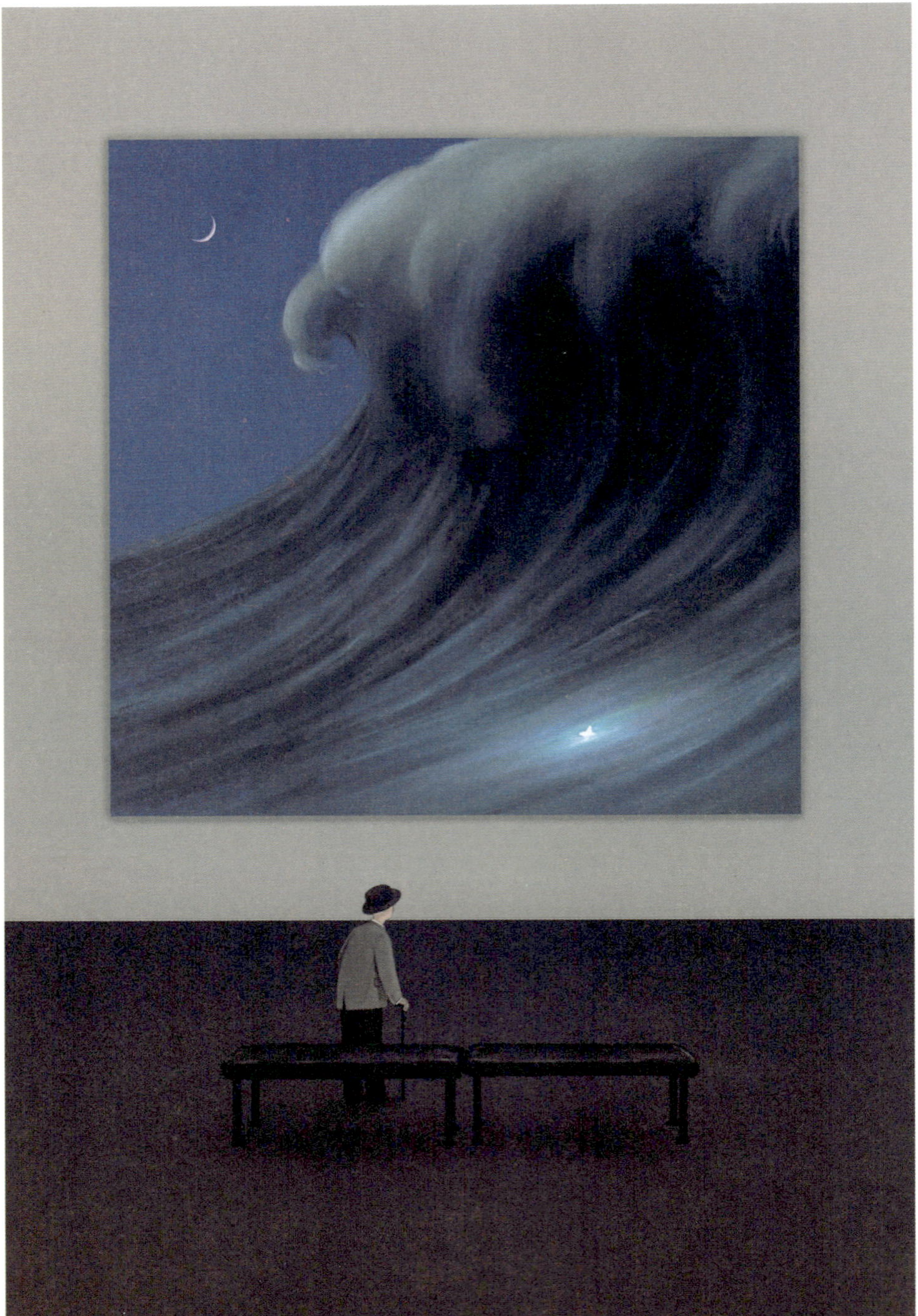

第三章——凡而不庸，人间值得

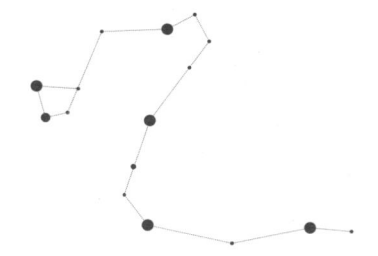

有一个想家的故事,很想讲给你听

想家的时候,你会干什么?打一通电话,传一条讯息,还是回一趟家?

他,想家的时候,把故乡一小撮泥土掺入水里服下,流出的泪比喝进的水还多。时隔半个世纪才回到家中,他的一生印着台湾老兵历经的坎坷和艰辛。

他叫高秉涵,他离家、想家、回家的故事,文字说来太浅,那乡愁沉得拎不起、浓得化不开……

离家

"娘"这个字眼,在现在看来带着浓浓的年代感,但对高秉涵来说,却是儿时最美好、今生最深情的称呼。

1948年,高秉涵13岁,父亲一年前在战乱中死去,娘担心他的安危,怕在村里不安全,决定送他去南京的学校读书,希望他能够活下来。纵然隔着大半个世纪,离别那一瞬间的情景依然历历在目。

那天一大早，娘把高秉涵送上了临别的车，捻着他的耳朵，流着泪叮咛道："你一定要活下去，娘等你活着回来。"

少年不识愁滋味，13岁的高秉涵不知道这次离家对他来说意味着什么，临行前一刻，他还在啃着外婆递来的石榴，贪吃低头的一瞬，车子一拐弯，错过了和娘最后的挥手告别，只剩尘土飞扬。

这一眼的错过，成了命运的分水岭；这一次仓促的离别，成为了永别。从此，高秉涵就再也不碰石榴了。

到南京还没读几个月，学校就解散了，高秉涵就跟着人群一起流亡。六个月穿越六个省份，杵着一根木棍，足足走了一千多里地，13岁的他，只身一人，苟延残喘，双腿被热粥烫伤，腐烂生蛆。痛啊！可谁会像娘一样抱住他、心疼他？伤口留下了一块块黑色疤痕，至今无法退去。

靠着娘的嘱咐"跟着人流走，娘等你活着回来"，他活着挤上了由厦门开往金门的班船，辗转流寓台湾。晚上，他睡在车站的条凳上；白天，一瘸一拐和野狗在垃圾堆里抢食，卑微地延续着生命。苦吗？而今沧桑爬上眉头的高秉涵说："一个随时可以死去的孩子，不会流泪了，也不可怜自己了。真是觉得没有明天了，好几次想死了算了，可就是记着要'活着回家'，又断了死的念想。"

流浪了几个月以后，他在车站当起了小贩，后来遇到小学校长。校长跟他说:"你要读书,你娘要是知道你不读书了,她是会伤心的。"那时候他才重新捧起书本,记起娘说:"要想救国就要有本事,要读书。"

想家

没有办法回家,就把对家的思念变成读书的动力。高秉涵考上了大学,志愿填的是医学和法律。他记得娘一直说的"日行一善",就想去帮助别人。

与绝大多数撤退到台湾的人一样,高秉涵最初以为这个小岛只是临时遮风避雨的住所,用不了多久就能回家,但没想到几十年故乡音书断,青鸟也衔不来家的消息。那时每逢大年初一,天不亮他就爬到阳明山山顶,隔着一道海峡,隔着千山万水,对着老家的方向痛哭一场,大声喊:"娘!娘!我想你!"

高秉涵的第一份工作是在金门担任军事法庭法官,处理的第一个案子就让他终身愧疚。一个士兵趁夜色抱着轮胎想游回家,却被冲了回来。士兵的家就在金门对岸的厦门,天气好时甚至可以望见自家屋顶。士兵本是渔民,为瘫痪在床的母亲买药时,被强抓入伍到了台湾。十几年过去,药都变成了粉末,士兵竟还留着。

在回家遥遥无期的日子里,他总梦到自己变成一只海鸟,飞过大海回家。为了纾解心底汹涌的想念,每当深夜思乡心切他都会给娘写信。写了一封又一封，又一封接一封地撕掉。在那个两岸隔绝的年代，他知道，不仅信寄不出去，连想家都是有罪的。

多年后，高秉涵终于费尽周折，向老家寄出了第一封信，一年后才收到回信。收到那封回信时他不敢拆，因为他走的时候娘身体不好，怕拆了信，娘就真的不在了，不拆反而永远有个希望。他抱着信，放在心口，沉沉睡去。

第二天，他还是忍不住把信拆开了，看到第一段写着：娘在1978年——也就是一年前——已去世。他没能再往下看，所有思念都空白了。母子二人今生再也没能重逢，娘最终没能等到高秉涵回家，一水之隔却成了天人永隔。

2018年，在央视《谢谢了我的家》节目现场，主持人敬一丹问高秉涵："娘都不在了，还想家吗？"

满头白发的老人红着眼窝回答："有娘的地方就是故乡，我母亲不在了，故乡就是我的母亲。"

如果你没有长久离家，没有经历漂泊，没有体验过思乡而不得归的悲痛，也许你很难理解离家的人对于故土深深的依恋与刻骨的执着。

有一次，一位旅居阿根廷的老乡从山东菏泽带了三公斤泥土到台湾，高秉涵分到了两汤勺的泥土。他把一勺故土锁进银行保险柜，另外一勺成就了一场连续七天抚慰思乡之痛的仪式，每次拨一点出来，加入水中服下，一边喝一边哭。流出的眼泪，比喝进去的泥水要多得多。

回家

余光中曾写下：
掉头一去是风吹黑发，
回首再来已雪满白头。
一百六十浬这海峡，
为何渡了近半个世纪才到家？

1991年，高秉涵终于回家了。踏上菏泽的土地时，他蹲在地上抱头痛哭，在村口站了半个小时，不敢走进去。一个老人问他找谁，他说找高春生（春生是他的小名），老人家说："高春生早就死在外地了。"

游子肠断，百感凄恻，离乡太久的他早被当成死去之人。整整四十三年，从少年走到满头灰发，56岁的他终于活着回来了。

第一次回家后，这条归乡路并没有走到终点。不少老兵生前总会跟高秉涵说："你还年轻，如果有一天你能够回家，请把我的骨灰带回去，撒在我家的麦田里。"

对于在遗憾中离去的老兵来说，最后的心愿便是"生做游子，死不做游魂"。

为了完成老兵们魂归故里的心愿，接下来三十多年里，他一趟又一趟往返于台湾和大陆之间，用他只有八十斤重的瘦弱身躯，抱着一坛又一坛的骨灰，将超过200位老兵"送回"各自故乡，安抚了一个又一个思乡的游魂。他说自己这一生已不能对父母尽孝，现在通过送老兵魂归故里，为这个国家、这个社会尽绵薄之力。若父母有知，也能够含笑九泉，也算尽孝了。

2012年，高秉涵入选"感动中国年度人物"："海峡浅浅，明月弯弯。一封家书，一张船票，一生的相会。相隔倍觉离乱苦，近乡更知故乡甜。少小离家，如今你回来了。双手颤抖，你捧着的不是老兵的遗骨，一坛又一坛，却是满满的乡愁。"这是写给他的颁奖词。

因为想到自己的生日就是娘的受难日，高秉涵从来不过生日。但在80岁那年，拗不过子女，就办了生日宴。妻子问他许了什么愿望，他说："想娘，希望尽快见到娘。"

妻子心疼地哭了："你都80岁了，还在想娘。"

是啊，正如老舍所言："人，即使活到八九十岁，有母亲便可以多少还有点孩子气……有母亲的人，心里是安定的。"

高秉涵用一生的光阴丈量回家的路，用瘦弱的身躯载着200多个还乡的梦。他身上书写着家国的历史记忆，也回响着永恒的故乡母题。他希望在自己生命凋谢之后，子孙能把他的骨灰带回山东老家安葬，他满腹苦楚寄语自己的小孙女们，以后要随时随地回到菏泽看看。

那里才是老家，才是根，人不能忘本。

很多人或许没有像高秉涵这样刻骨铭心的经历，但你一定有过想家的体验。想家的人会干什么？也许是明月高楼的独自企

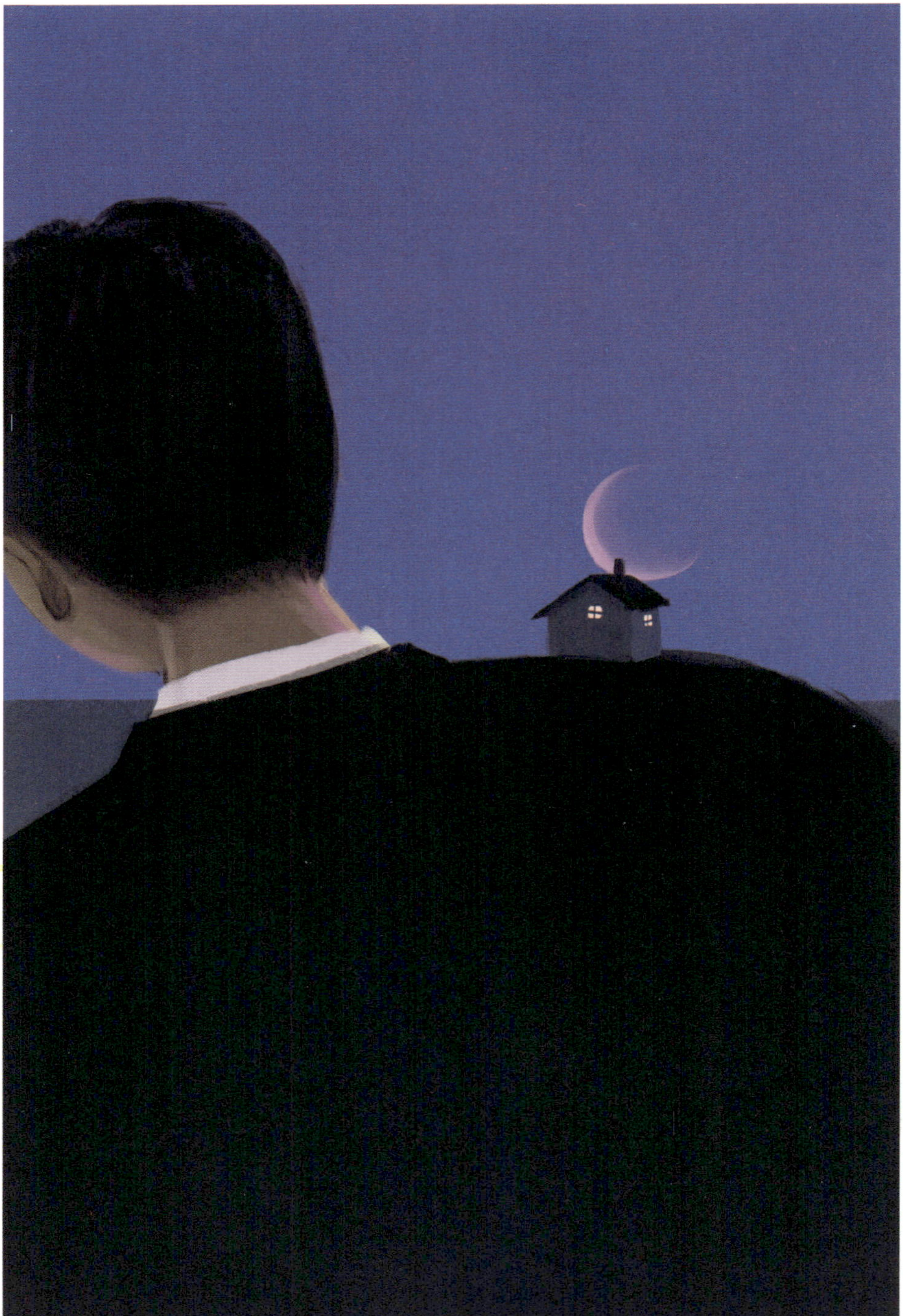

盼，也许是山长水远的夜半无眠。"没有在深夜痛哭过的人，不足以谈人生。"这句话戳中了像高秉涵一样想家人的心。

少了家人的陪伴，无数游子从别人的故事里听到了自己离梦中的呢喃。如果你也正在外漂泊，正想念家人，想念母亲唠叨里的关怀和温暖，那么去一通电话，传一声挂念，有空再回一趟家。那是家，是你的根，你的立身之本，是你生命的源头。

这世上最美好的事，何尝少得了回得去的家，找得到的爹娘，触得到的故土。

切切！珍惜。

本文参考资料：

《谢谢了我的家》第四期；《高秉涵：记住乡愁》，《面对面》节目。

终于被看见的天才译者

他是躁郁症患者，病魔像甩不掉的阴影常年尾随身后。

他一生没有朋友，父亲是他最好的知音和助手。

他有翻译的天才。看过他译作的人这样评价：文字细腻，比原文还好。

他叫金晓宇，在 2022 年 1 月 17 日之前，除了 22 本出版书籍的封面译者处印着他不起眼的名字，人们尚不知晓他更多的故事——他的苦难、他的挣扎、他的天赋，以及他背后伟大的父亲和母亲。

命运的捉弄，只要活下去

6 岁那年，金晓宇和玩伴游戏，对方的玩具手枪里射出一根针，正中他的一只眼睛，导致该目失明。上学后，金晓宇一直是班上的尖子生，本可以考好大学，有无可限量的前途，却在高中时突然厌学，后又退学，情绪暴躁失常，被诊断为躁狂抑郁症。

父亲金性勇是个老实本分的知识分子，看着儿子的世界一点点脱轨塌陷，他找来很多精神疾病的书翻阅。一名美国精神病医师写道:"有双相情感障碍的患者,部分会在精神领域不同凡响,甚至表现出天才的创造力。"

金晓宇会是那个"天才"吗?金性勇没去想过。有几个病人能成为凡·高、牛顿那样的天才呢?与生命相比,这些都不重要。即使金晓宇因病不读书、不工作、不成家,作为父亲也都能接受,只要金晓宇活着,活下去。

"那你看过几本小说?"
"我看完了图书馆里所有的外语小说。"

失学后的金晓宇,在父亲的转圜下,当过书店售货员,到排气扇厂当过工人,但皆因与人起争执,没几天就被辞退回家。他躺在床上,完全变了一个人,他像被恶魔攫住,不管不顾地推倒家中的冰箱、洗衣机、桌子、书架……

"他是疯了吗?"

父亲和母亲一次比一次绝望,却一次又一次接住了他的狂躁和毁坏,守着他,安抚着他,等他发作后,重新把破碎的家一点点收拾好。无尽的痛苦中也有一丝光亮,许是天赋,许是爱好,病中的金晓宇依然保持看书的习惯,父亲按他的要求买来关于英语、日语、古文、围棋等两百多本书,又担着被砸坏的风险,在20世纪90年代家里经济最困难的时候,花一万两千块钱给金晓宇添置了一台电脑。金晓宇不玩游戏，用它只做两件事：自学外语，看原声电影。

他用六年时间自学了德语、日语、英语，出门就到浙江图书馆里借阅图书，他自诩有文学创作的能力，而父亲犹疑地问："那你看过几本小说？"

"我看完了图书馆里所有的外语小说。"

翻译不挣钱，却是他命悬一线时的强心剂

且不论是不是天才，但机会，一定是留给有准备的人。如果说精神问题是一头失控的怪兽，长期纠缠并折磨着金晓宇，翻译就像这苦难深渊里的一束光，点亮了他生命的火焰。

他的平静，都埋在"小山堆"一样的译稿里。那些远方的不曾谋面的作者在书中创造的思想世界，使他疯狂的情绪找到了一片安宁的栖息地。随之而来的，是才华井喷式的爆发。十年，翻译二十二本书，七百万字，横跨文学、电影、音乐、哲学多个领域，有解密乌鸦身世秘密的，有讲述都柏林文艺生活的，有普及摇滚音乐历史的，有记录艺术大师一生传奇的。

在很多译者看来，要涉及这么多门类，需要庞大的、专业的知识储备，但金晓宇统统承接下来。无论是英译还是日译，他的作品都可以精准到"没有一个错字、错句、错译"。

这份不容易，他这样解释："我很细心，一个注解都要从《大英百科全书》上摘下来，注解基本上不会有错。如果说，我翻译出了问题，自己砸自己饭碗了。"

"我能翻译书是妈妈的功劳。"

金晓宇能有机会接触翻译行业，靠自力更生端上一个饭碗，离不开他的母亲——曹美藻。

曹美藻是一位知识女性，毕业于南大。在一次同学会上，校友知晓了她的家庭情况，询问："能不能请你儿子在家做翻译？"

曹美藻应下来："儿子英语、日语都很好，请给他一个机会试试。"

由此，金晓宇接到了人生中第一个翻译任务：一部外文短篇小说《船热》。

他完成得很好，陆续得到出版社的翻译邀约。就在生活渐有起色时，命运的阴影再次落入这个家庭，曹美藻被确诊为阿尔茨海默病。从卧床，到不能自理，直至失去对亲人的记忆。

妈妈痴呆了，被困在时间里。那可是在苦难面前从没低过头的妈妈啊！金晓宇非常难过，尽管自己还是病人，但他挑起了照顾母亲的重任，陪伴看护，不离不弃。每次出版社寄回翻译的样书，他要拿到妈妈的床边，念给她听。哪怕是在躁狂症发作时，他不肯向床上的妈妈发脾气，不肯破坏妈妈挑起生计的缝纫机。在他心里，始终记着妈妈的恩。

一位父亲的讲述

2021年冬天，曹美藻走了，金晓宇失去了妈妈。也是在这个冬天，稳定了好久的他，再次出现躁狂症发作的前兆，被送进了精神病院。父亲金性勇在殡仪馆里望着老伴的骨灰盒，掏出老年手机，拨通了从报纸上抄下来的媒体电话，他说："你们能不能写我儿子的故事？我儿子是天才，他现在在精神病院里。他妈妈今天刚走了。"

在他的讲述中，一个普通家庭的起伏、挣扎、骄傲与卑微，走进了大众的视野。一个罹患精神疾病却译著等身的天才少年，被看见、被关注、被认可。无数网友在这个悲伤的故事中看到了坚韧不拔的爱，看到了人的意志与命运的抗争。

明天会好吗？

有人说，这是中国版的"美丽心灵"；有人说，这是一个本分家庭遭到重创后，几近倾覆却继续前行的史诗；还有人说，这是两代人在极端的境遇里，风雨同舟，依然选择爱与陪伴的故事。

生命有时很脆弱，却也能爆发出超越一切的力量。苦难常常接踵而至，但那些没有使人倒下的，都只会成为坚硬的铠甲，让我们更强大，更无畏，更光荣。对峙过绝望而后站起，走过暗巷而后得光亮，挨过重伤而后迎新生，才是我们对人生不屈的模样。

明天的生活会好吗？我们相信：这艘小船最终能在一个巨大的港湾找到容身之所，会有安定的生活。

最后，附一段金晓宇在译作《诱惑者》中的段落，我们读他以心血浇灌出的文字，就是对这个了不起的家庭最好的致敬。

突然，我来到了外面，寒冷、黑暗、闪着光亮的夜晚，星星惊奇地眨着眼睛。我能闻到松树的气息，听到风在树枝间呼啸。我的头晕乎乎的。

我的体内有什么东西在翻腾，渴望着涌向外面的黑暗。一下子，我又清晰地看到了与我久违的秘密，混乱不是别的，只是无数有序的事物组合在了一起。

风，星星，石头上的流水，整个快速运动着的、看似摇摇欲坠的世界都能得到解答。

在黑暗中我踉跄前行，伸展双臂，拥抱着漆黑的世界。

本文参考资料：

《我们的天才儿子》，《杭州日报》，作者：叶全新。

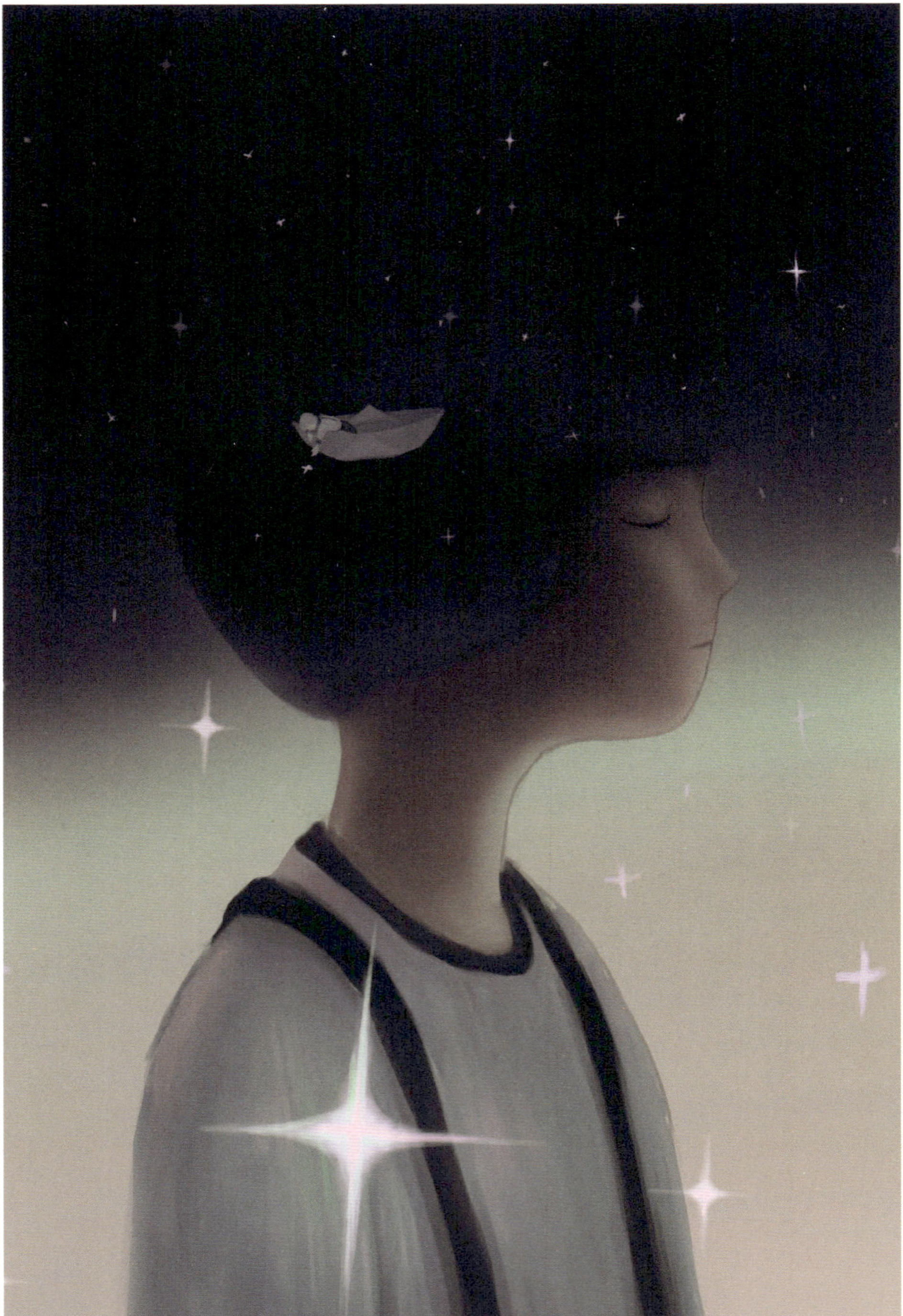

我们所在的，是一个很好很好的人间

南昌市青山湖区学院路有一条小巷，两米来宽，与江西省肿瘤医院仅有一墙之隔。从高处俯身看下，二十多个小煤炉在巷子里一字排开。多的时候，有五六十人同时在这里洗菜做饭，热气蒸腾、油烟翻滚，伴随着锅碗瓢盆碰撞的声音。

这充满烟火气的热闹景象，和生活里随处可见的图景似乎并无二致，但它的特别之处在于：做饭的这些人多是癌症患者和癌症患者的家属，这方窄窄的天地也因此被称为"抗癌厨房"。

在过去二十年的时间里，它的经营者万佐成和熊庚香夫妇坚持免费为患者家属提供炉灶、炊具、调味品等，只收取少量的加工费：炒菜一块钱、炖汤两块五、热米饭一块一盒，锅碗瓢盆水电煤全算里面。他们说："再有钱，来了肿瘤医院也会穷，但是再穷，也要吃口热饭啊。"

是啊，日子再难，也要一天一天过；生活再苦，也要吃好每一顿饭。

一切始于一次求助

"抗癌厨房"的故事最早要追溯到2003年。那时候，万佐成和熊庚香在江西省肿瘤医院附近开了一个早点摊，卖油条、麻团等食物，顾客里有不少人都是附近医院的患者家属。

有一天，一对中年夫妻找到万佐成，询问是否可以借用他的炉子炒个菜，他没有多想就同意了。"他们的儿子才十几岁，患了骨癌，一条腿截肢了，两夫妻都在这边照顾孩子。小孩一直闹脾气，吵着要回家。外面买的饭菜他都不吃，就想吃妈妈做的菜，这个妈妈找了很多地方都被拒绝了，最后找到我这里。"

万佐成和老伴很同情这对夫妇，"我们也是做父母的，听完他们的遭遇很心酸，就说你来炒吧，天天炒都没关系，我不要钱。我反正都是要做早点的，炸完油条的炉火还旺，你来就行。"

后来，这件事可能在病房里传开了，大家听说这边可以炒菜，便有越来越多的人来借炉子，"几天时间就来了好多人"。

那时候，万佐成和熊庚香可能并没有想到，这件事他们一做便是二十年。

来的人越来越多

肿瘤医院附近有个地方可以炒菜的事传开后，万佐成夫妇开始面临另一个问题：来借炉子做饭的人越来越多，从开始的几个，到后来的几十个上百个，原本的炉子不够用了，支出也越来越大。

万佐成自费买了十多套厨具和煤球炉，供患者家属在这里炒菜。又因为到这里炒菜的，大多是从江西各地来南昌陪家属治病的，而且多是癌症，"抗癌厨房"就这么叫了起来。

刚开始，炒菜是免费的，后来，常去做饭的病人家属过意不去，提出要付钱。夫妇俩为了让他们安心，同时也为了维持基本的水煤开支，炒一个菜收五角钱。这个价格维持了很多年，直到2016年因为物价上涨，他们才把价格调整为一元钱。

而每年过年期间，厨房是免费供大家使用的。没错，这个厨房连除夕都在开火。2019年过年，万佐成和熊庚香去儿子家吃年夜饭，半个小时就吃完赶了回来，"医院不休息，我们就不休息"。

这个价格，自然是不可能赚钱的，甚至要贴钱，除此以外，三百六十五天的无休状态也是考验，但夫妇俩都没有怨言，"到我们这里的，都好可怜。我们再苦再累，都没他们难"。

这方小小的厨房里，有最难熬的病，也有最硬的菜，最暖的爱。

人生之味

巷子里的厨房人来人往，炉火不熄，菜香四溢。对许多患者家属来说，这份人情味和烟火气，是他们在亲人患病的重压下，难得的喘息和安慰。在人生的艰难岁月里，在对抗癌症的漫长时光中，那些锅炉里沸煮的、翻炒的、蒸腾的，何止是饭菜，更是生命的气息和爱的证明。

万佐成曾在采访里分享过这样一个故事:"几年前有个四十几岁的妇女来我这里买油条,她的母亲十几年前患癌过世了,她很遗憾在母亲住院时没有找到这样一个地方给妈妈做点好吃的,如果早点遇见我们,她心里的遗憾就会少点。"

经营厨房二十年,每年接待上万名患者家属,万佐成心里明白:有的病治不好,但让病人吃好,家属的遗憾就少一些。

而对患者家属来说,来"抗癌厨房"做菜,也许并不全是为了节省开支,让自己所爱的人能吃到一口家的熟悉味道,让正承受痛苦的亲人能感受到自己的用心,也许是这件事更重要的意义。

万佐成的"抗癌厨房"里,有不会做饭的丈夫为了患病的妻子一点点开始学炒菜,有饭来张口的子女为患病父母学煲汤……在生死面前,曾经不成熟的慢慢成长,曾经依赖惯的开始独立,曾经被照顾的开始照顾他人。

一道道家常菜,浓缩的是父母之爱、子女之爱、夫妻之爱……无数个家庭的酸甜苦辣咸就这样跟着炉火跳跃,随着锅铲翻飞,最后烩成一盘人生之味。

他们的故事

在央视纪录片《人生第一次》第九集《相守》的开头,有这样一个问题:一个人上午被确诊为癌症,那他中午会干吗?

答案是：吃饭。

多少人面对生死的态度，都在一碗饭里。

老夏是"抗癌厨房"的常客。2015年，老夏的妻子被查出宫颈癌，第二年癌细胞转移到脑部，2018年脑部水肿压迫神经，此后瘫痪在床。失去了行动能力、曾经开过饭馆的妻子，现在需要老夏给她张罗一日三餐。妻子生病之后，老夏说自己没想别的，就是"一心把她伺候好"。

送医喂药，做饭擦身，事无巨细，都被老夏承包了。鲈鱼豆腐汤是老夏为数不多的拿手菜。锅里不停翻滚的乳白色鱼汤，如同老夏对于妻子的希冀，上下沉浮，却从未停歇。

对抗癌症，就像一场耗时耗力的长跑，需要的不仅仅是体力，更是坚固的心理防线。"我一天到晚除了炒菜宽心一点，在医院里面就像坐牢一样。"对于老夏来说，做菜就是他每天放松自己的方式。日复一日，光阴在三餐中溜走，日头在翻飞的锅铲上东升西降。病房里的病友来来去去，而对于老夏和妻子来说，一起吃饭的地方，就是家。

26岁的邵慧慧在厨房附近租了一间房子，每天早早来到厨房。

"医院里面有食堂，但比自己做饭更贵，爸爸也不喜欢吃。"为了让患肺癌的父亲吃好饭，慧慧和妈妈每天变着花样做菜。

女儿患上"EB病毒相关淋巴组织增殖性肿瘤"后，张美菊没有想不开，她说："谁家出了这个事，都没办法，只有承担。"

她每天从医院附近买好菜，再拿到"抗癌厨房"加工。母女俩中午炒两个菜，吃不完，晚上热热继续吃。"为了小孩，能节省就节省一点。"她说道。

这样的故事，还有多少，恐怕连万佐成夫妇也数不清……

善良是一个环

在万佐成夫妇经营厨房的这些年里，还有来自各方的支持和暖意：他们的子女曾对老两口做的事情提出过异议，不想父母和癌症病人接触。但在了解父母做的事之后，他们的态度慢慢转变，如今不但不反对，周末还会过来打扫卫生。

露天厨房刚形成时，夫妻俩担心会影响街坊出行，内心忐忑。没想到街坊们不仅没有抱怨，还送来了三十个高压锅、二十多个铁锅、二十多把菜刀和若干菜板。更有街坊特意送来母鸡，硬塞给熊庚香，面对熊庚香的再三拒接，对方说："你不吃，可以给病人吃啊。"

出现在这里的，还有一些无名的志愿者。一位中年男子，从早上8点来这里帮忙，下午4点才离开，每次都会提一些食用油来，也不肯告诉别人他的名字。

2018年2月，万佐成、熊庚香夫妇被提名"中国好人榜"。当地政府已经拨款装修了厨房并补贴房租。

是这些，让我们相信：我们所在的，是一个很好很好的人间。

在这个人间,有人选择善良,有人传递善良,有人在善良中获得勇气……所以,善良得以形成一个回环,将更多的爱扣在一起。

人生无常,唯爱是永恒的底色。

本文参考资料:
《扬子晚报》、央视网、腾讯公益、《东方女报》、新华网等。

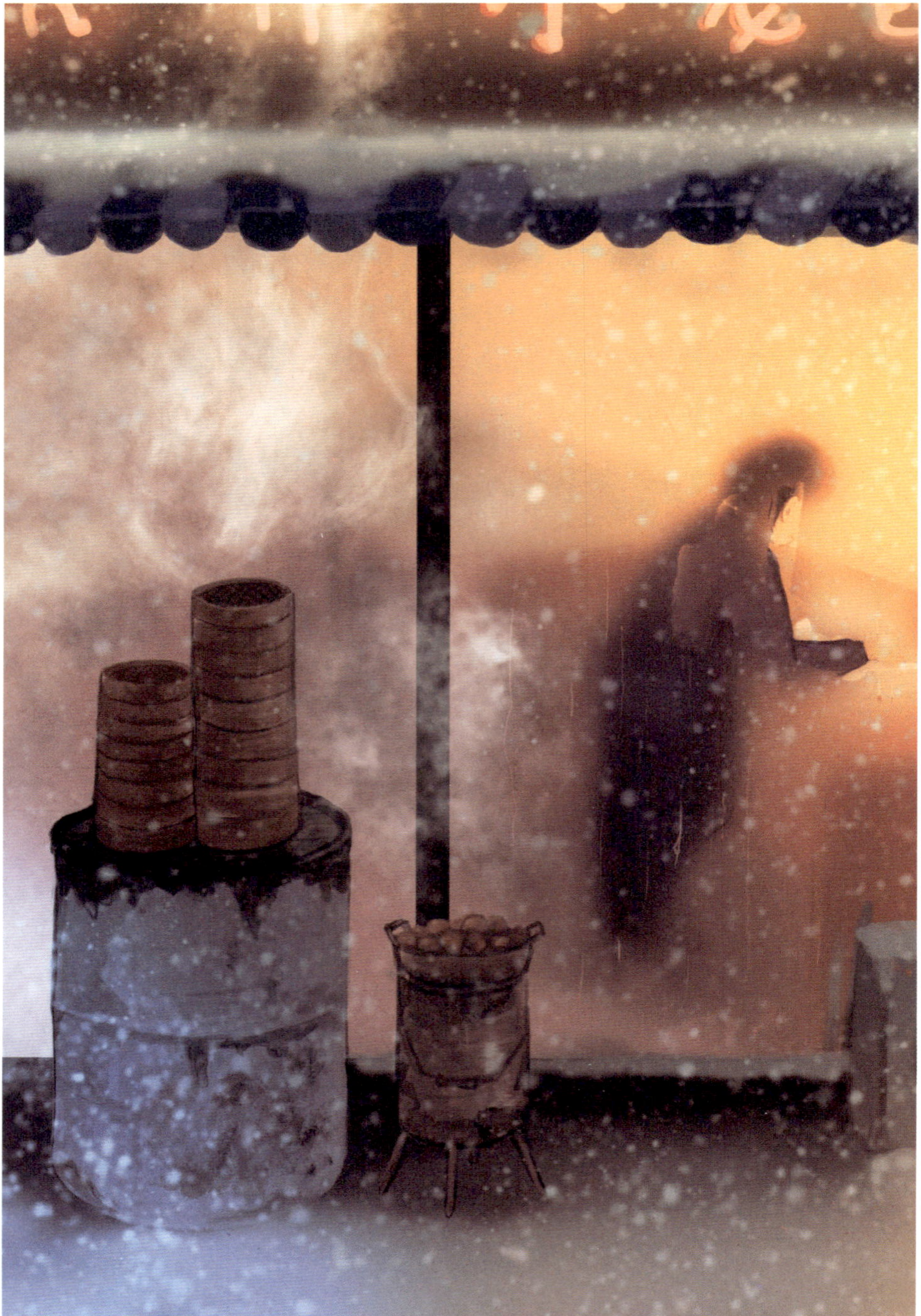

图书馆里的"拾荒者"

游走在生活边缘,却比很多人都懂得爱的真谛与读书可贵。给东莞图书馆留言的农民工是这样,感动中国的白方礼老人是这样,已经被很多人遗忘的他,也是这样。

他的名字

知乎上有个提问:你见过哪些大隐于市的"得道高人"或者在某个领域深藏不露的"绝世高手"?

有一条点赞上万的回复,令不少读者感动:曾几何时,白方礼老人让我痛哭流涕。今日,韦思浩老人又让我涕泪俱下。

韦思浩?

对,韦思浩。

生活和岁月的双重打磨,令他看起来是苍老的、嶙峋的。一根竹棍挑着装有塑料废瓶的袋子,压在肩头,他就是闹市里那种典型的会唤起你同情心,令你感慨生活不易的"拾荒者"。

他的"热搜"

韦思浩最早进入人们的视野,始于一个温暖的图书馆。

杭州图书馆,2003年起对所有读者免费开放,入馆只有一个要求,就是洗干净手再读书。当愈来愈多的乞丐及拾荒者的身影出现在馆内,便有市民不满了。有人甚至无法接受,直接找到当时的馆长褚树青,说允许乞丐和拾荒者进图书馆,是对其他读者的"不尊重"。而褚树青回答:"我无权拒绝他们入内读书,但您有权利选择离开。"

投诉时常出现,可杭州图书馆仍不改平等开放的初衷。

"流浪、乞讨者可能暂时窘迫,但不代表我们可以拒绝他对文化的追求。"

"对于弱势群体而言,图书馆可能是唯一可以消弭与富裕阶层之间在知识获取上鸿沟的一个重要机构。"

"人人生而平等。"

就这样,每周都会去杭州图书馆的"拾荒者"韦思浩,在2014年被媒体镜头捕捉到,上了热门。

每次入馆,他都认真洗好手,恭谨地去对待看书这件事。还有一个细节,他在阅读时,仔细卷起袖口,用里衣包住外衣那层,露出干净部分。

千万不能弄花书啊!图书馆,被他奉为殿堂。书本,被他视若神明。彼时,他读书,我们读他。一箪食,一瓢饮,在陋巷,人不堪其忧，他却埋头于书，不改其乐。喧闹浮躁中的一抹宁静，读他，心暖，心安。

他的"秘密"

这一抹宁静被抹去，是在2015年年底。韦思浩过马路时被一辆出租车撞倒，最终因抢救无效离世。他那净化了我们的阅读姿态，已甚是令人难忘。可谁曾想，他猝然离世之后解封的鲜为人知的"秘密"，带给我们的触动，更是不亚于任何一本书。愕然的，潸然的都是我们。

第一个"秘密"：他是嗜书如命的"学霸"。

韦思浩是杭州大学（现浙江大学）1957级的学生，就读于中文系。因为家人的缘故，曾回老家工作，有过"弃笔从农"的经历。但他从未放弃过书本，58岁时还取得了浙江大学专科教育毕业证书。

韦思浩生前讲过："书是我的精神食粮，一天不看就受不了。"

"现在想想，他真的是一个书痴，"二女儿韦汀苦笑，"原来家里的书都堆至屋顶，他不止一次责怪我们把他的藏书都扔掉了。他总说搬家损失太大，每每说到就心疼不已。"

一个星期能碰上好几次，杭州图书馆不少管理员对他都有印象。有位图书管理员记得，他与别的"拾荒者"不同，看的书都挺深的，常借一些政治、历史类的书籍，印象最深的是他借阅过曼德拉的传记。

第二个"秘密":他退休前是"体面"的教师。

20世纪80年代,韦思浩曾参与《汉语大词典》杭大编写组工作,后辗转在宁波、杭州教书。

他的学生谈起恩师,常用"全能"来形容:"当时他虽教我们数学,但语文、物理、化学都会指导。那个年代分科没现在这么细,但像他那样什么都会的老师,现在也很少。"

1999年从杭州夏衍中学退休时,韦思浩已经是中学一级教师。也是从这一年,韦思浩开始了长达十多年的"拾荒"之旅。

第三个"秘密":拾荒,他一直瞒着家人的。

韦思浩的三个女儿都远嫁外地,平时留他一人在杭州,直到他出了事,女儿们才知晓父亲是在杭州图书馆读书的"拾荒者"之一。

韦思浩的学生倒是早知此事,看不下去了,就劝他:"您这样,我们一般人都觉得面子上挂不住啊!别去拾破烂了,好好养老!"但是劝了也不听,他们哪里拗得过这个固执的老头?拿着五千六百多元的退休金,放着晚年清福不享,拾荒,他这是图什么呢?

第四个"秘密":他还有一个温暖过很多小孩的名字——魏丁兆。

埋怨、不解、心疼,复杂的情绪一直夹杂在父女之间。"我们都生活在外地,想让他和我们住他不肯,想给他装修一下房子他也不肯，说太浪费，要给他买手机他也不要……"女儿整理父亲遗物时，多年来的所有误会才解开：浙江省社会团体收费专用票据、浙江省希望工程结对救助报名卡、扶贫公益助学金证书……

因为搬过一次家，捐资助学的票据和证书已经不全，但留下来的，无声而有力地展示着韦思浩的生活：他一直在捐赠。他的大部分收入都用于捐资助学，捐助金额从20世纪90年代的一次三四百元，到现在的三四千元。除了泛黄的捐资助学凭证，韦老的遗物中还有很多受助孩子的来信。这些孩子，或许至今都不知道捐助人就是韦思浩，因为凭证和信件中，落款以化名"魏丁兆"替代了。

再看他的家，说"家徒四壁"不为过，80多平方米的毛坯房内，一张木板床，一个书柜，装着他多年收藏的书籍，还有一些生活用品和捡回来的塑料瓶。除此，"断舍离"到无他。他的学生，也是这时才明白老师"固执"的良苦用心：拾荒，"补贴"的不是他自己的生活，而是一个国家的未来。

第五个"秘密"：早在去世的十几年前，他就决定捐献遗体。

夹杂在各种捐助凭证和感谢信中的，还有一纸韦思浩亲手写的志愿捐献遗体登记表，上面清晰地写着："本人决定身后捐献遗体及所有可用器官，骨灰撒江河（钱塘江及西湖）。"

青春，给了遍天下的桃李；钱财，给了待哺的寒门学子；而身体，也早就决定给了亟待重生的病人。他给自己的，是不是只剩爱不释手的书本和片刻阅读时光？

他的"高贵"

如今,韦思浩老人化身雕像,日日夜夜留在了他最爱的杭州图书馆里。平凡,成永久。为什么要取"拾荒"这种方式去完成大爱?来不及追问韦老的疑惑,在凝视这座雕像时有了一种答案。或许,那俯仰间捡拾的姿态,便是启示:我们遗落的美好,他在帮我们捡起。我们丢弃的可贵,他在替我们看守。

起初,我们同情于他。读懂他之后,发觉其实该被同情的是我们自己。高贵的是他,不取锦衣玉食,不问身份地位,却以一根拾荒竹棍挑起我们最长久的敬仰。他需要的并不多,抱守的留世的,皆是令我们更深爱世间的理由。而我们大多数人什么都想要,可最终什么都不曾真正拥有过。

贫瘠的是我们,曾轻看了他,而今还需要仰赖他的故事审视自己,感化自己,敦促自己。富足的也是我们,因为我们之中,曾有他。斯人若彩虹,遇上方知有。

日后,若有机会再与这样一位老者手捧书本平起平坐于某一处,那一处,必定是辉煌的角落。那意味着:那一处,已经可以宽容而温暖地去接纳任意一颗渴求知识的心,无关"你是谁"。如同一本书一样,从来不会拒绝任何一位青睐于它的读者。唯愿这样辉煌而非隐秘的角落,多一点,再多一点……

生命之火,生生不息

2022年2月14日这天,88岁的周火生走了。

你也许没有听过这个名字,但在大别山革命老区腹地安徽省六安市金寨县,他是家喻户晓的"希望老人"。过去二十多年,他曾带着助学款"百次进山",坐火车、转汽车、走山路,一次次为这里的孩子带来希望;在江苏省昆山市,几乎所有中小学都留下过这位老人义卖图书的身影,身形瘦削、体重只有八十多斤的他带着干粮、踩着三轮车,四处义卖筹集捐助款,将所得全部捐给贫困学生。

二十多年间,周火生为金寨捐资助学达48万元,发动各界爱心人士捐款、捐物合计1200多万元,资助了1300多名学生,许多山里孩子的命运因他而改变。

"希望骆驼"

很长一段时间,在昆山的街头巷尾、中小学校,都能看见这样一幅情景:一位身形消瘦的老人,头戴一顶鸭舌帽,穿一件白色上衣,自带干粮和水,踩着一辆载满图书的三轮车,上面挂着一面"义卖图书捐助希望工程"的小旗子。

这件事,老人坚持了二十多年,昆山的中小学校几乎被他走了个遍,而且每所学校都去过两次以上,先后四辆崭新的三轮车被他骑成了废铁。

他就是周火生。在昆山,他被称为"希望骆驼""希望老人""昆山捐资助学第一人",但他更愿意把自己称为"希望工程搭桥工"。

周火生与希望工程的缘分,始于他即将从三尺讲台退休之际。彼时,他从报纸上得知位于安徽金寨县的全国第一所希望小学建成了,当即汇去了1000元。

1995年,退休后的周火生坐火车、转汽车、走山路,辗转六百多公里,第一次走进了金寨县希望小学,"走进了大山,才真实体会那里的娃娃有多苦,有多想上学"。

这个"第一次",是往后一百次的第一次。

自此,他与这所学校,与希望工程的连接愈发紧密,再未松开。

"生命工程"

回到昆山后,周火生决定将全部心血和精力放在为贫困孩子捐资助学上,他说:"我要把希望工程作为余生的生命工程!"

周火生开始一分一分地节省，从衣食住行中，从日常开销中，省出了一笔笔"私房钱"，全部寄到大别山的孩子们手中。然而，他很快发现，和自己想做的事情相比，微薄的退休工资无异于杯水车薪。

他想到了图书义卖的办法，为了降低成本，他总是到上海文庙市场批发图书，文庙市场离车站有点距离，老人舍不得几块钱的运费，经常是几个麻袋一条扁担，肩挑人扛运到车站。把书搬回昆山后，他又开始一个乡镇一个乡镇地走，到各个学校义卖，每天要走十几公里，后来身体实在吃不消，才在老伴的劝说下，买了辆三轮车。

为了助学，周火生节俭到了苛刻的地步。有记者回忆2009年采访时所看到的老人家里的场景：一间七八十平方米、贫寒简陋的房子，一大半都堆满义卖的图书，当我们踏进老人家里时，老人热情地招呼我们坐，可尴尬的是，整个屋子里竟找不出三张凳子。于是，老人笑着说："你们坐，我站着就行了。"

一身衣服至少穿了十年；吃饭一个烧饼就对付了；十五块钱一晚的旅馆也舍不得住，硬生生在车站门口坐到天亮，用省下来的钱给孩子们买了一百支铅笔；家里唯一像样的家电是一台儿女给的空调，用得很少，因为"太费电"……

这些"抠"下来的钱，周火生全部用来捐助山里的孩子。

金寨县希望小学前任校长孙用奇说，当初周火生承诺要一直来金寨时，没有人相信，但现在没有人不相信。

第一次之后,他又第10次、第50次、第99次……去到那里,老师和孩子们每隔一段时间就会看到这位慈祥的爷爷。

他每次来,带来的除了上万元助学款,还有希望。

后来,大家劝他不用来了,因为贫困生已经不多了,但他说:"哪怕还有一名贫困生,我都要来……"

"希望之火"

2018年5月18日,周火生搭乘满载捐赠物资的大巴车再次前往金寨,这是二十三年来,老人的第100次助学之行。

他说:"只要我还能动,我希望还有101次、102次……"

昆山到金寨,二十三年,100次往返,总里程超过十二万公里。他终于累了,走不动了。随着身体每况愈下,他再没能去到他心心念念的地方。受脑梗后遗症影响,周火生的思维有时候不太清晰,也忘了很多事情,但他从没有忘记金寨。有一次,儿子拎着水果来看望他,他吃了一点点就把剩下的塞到床底下,说"要带到丁埠去,给孩子们吃"。

丁埠,是金寨县南溪镇的一个村。

还有一次,深夜12点,他突然从床上爬起来,开始穿衣服、收包裹。护工问他想干啥,他说"要去金寨,天一亮就走"。

也许,这是对自己做的事执着到深入骨髓了。老人心怀天下的义举,也感动和带动了许多人,不断有志愿者加入爱心团队当中。多年来,周火生爱心义卖的图书达15万册,为金寨捐资助学达48万元,各界爱心人士为金寨捐款、捐物达1200多万元,为1300多名学生点燃了"希望之火"。

希望之火,燎原不熄。

"生生不息"

今天,如果再去金寨县希望小学,会看到这样一幕:

穿过学校大门,宽敞平整的操场上整齐地铺着青砖,乒乓球台、篮球架一应俱全。正前方是一座五层小楼,楼体粉刷一新,楼里不时传出琅琅的读书声。这座小楼名叫爱心楼,建筑面积2500平方米,可容纳1200名学生。

这栋楼是2004年时,由周火生倡导,昆山一家企业和周火生共同募资,加上南溪镇政府和金寨县政府的支持,共同建成的。

孩子们得到了更好的教育,飞得越来越高,过得越来越好,"希望工程第一粒种子在大别山深处的冻土里,破土成长为今天这样一棵枝繁叶茂的参天大树"。这是无数像周火生一样关心希望工程,关心中国教育的人共同努力的结果。如今,老人的生命之火灭了,但他的爱心之"火",一定会"生"生不息!

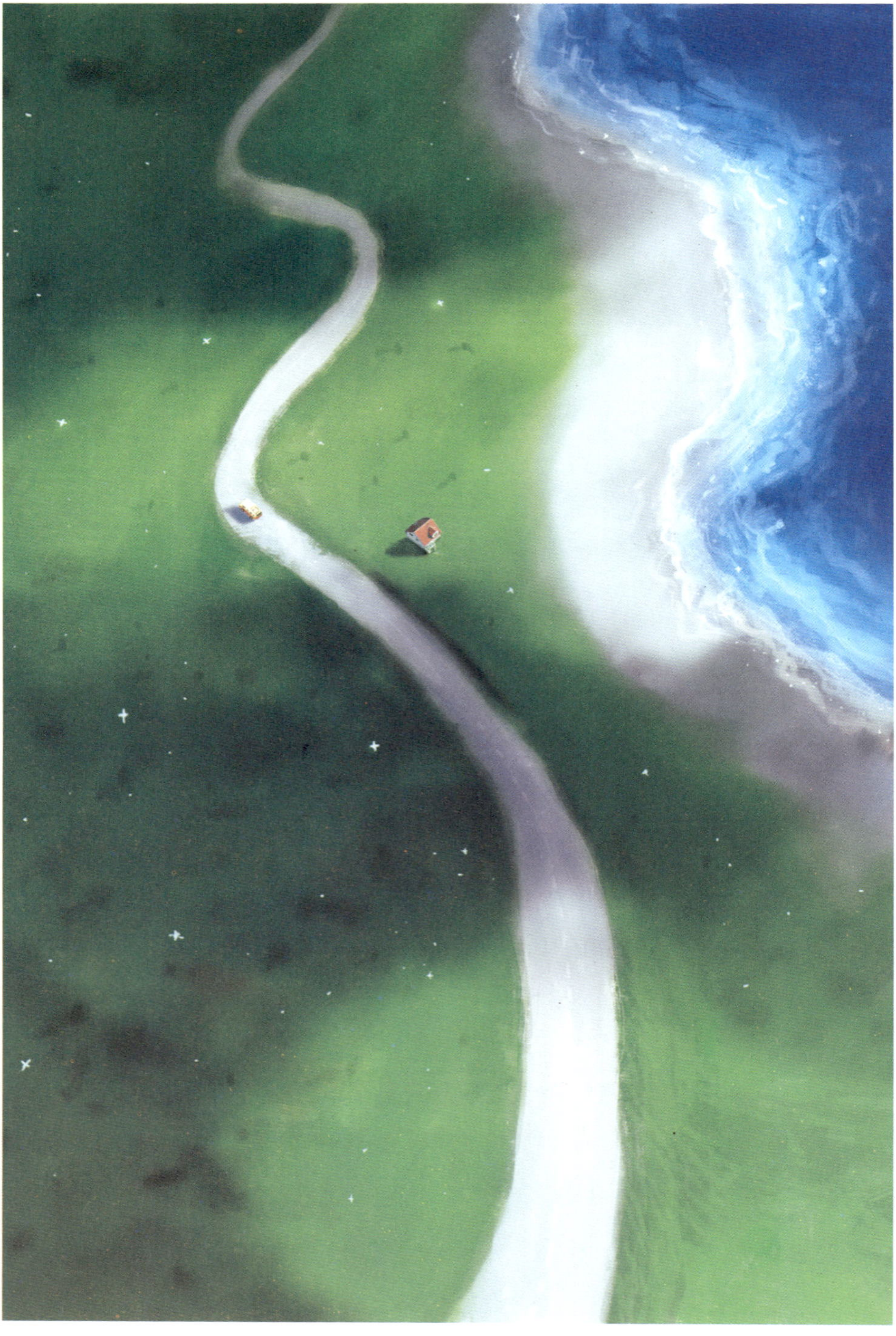

第四章

我有国士，举世无双

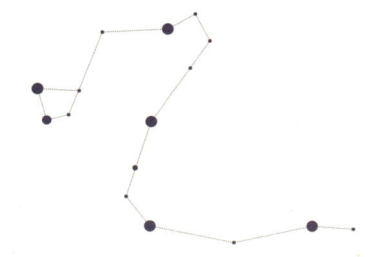

袁爷爷，我们想您了

2021年5月22日13时07分，中国工程院院士、"共和国勋章"获得者袁隆平在长沙逝世，享年91岁。这位一生浸在稻田里，把功勋写在大地上的"杂交水稻之父"曾一次次创造了水稻亩产量的奇迹，让中国人"端牢饭碗"。

袁隆平去世，对一个普通人影响有多大？

是黯然，是难自抑的泪如雨下；是一顿格外心疼每一粒米的哽咽午餐；是追随他的灵车，齐呼"袁爷爷，一路走好"，再送他一程；是一个接一个的云祭奠，绵延刷屏；是把他的"禾下乘凉梦"再忆一遍；是以一朵稻穗状云的名义，悼他，只当他并未走远……

袁隆平之于一个国家、一个民族乃至世界的分量，不独显现于他所获奖章和各界对他的高度褒赞之中，在普通人对他的真诚质朴的情感之中，亦分明无比。

我们在此摘录了部分读者的留言，是为对袁隆平院士的追思与纪念。

为什么,今天的米饭格外咸。

讲述者 | 桃桃

在地铁跟朋友聊天,偶然翻了下朋友圈得知袁爷爷走了,喉咙忽然卡住了,好久好久没有说一个字……

讲述者 | smile

宿舍里欢声笑语,可有人突然来了一句"袁老去世了",接着就是所有人沉默,眼里泛着泪水……

讲述者 | CELINE

今天的饭吃着吃着眼泪就下来……我是一名00后,身边的家人身体都好。昨天袁爷爷的离开,是我第一次感受到失去亲人一样的痛苦。

讲述者 | 才疏学浅的才疏

我早上对自己说"假的,假的"。中午吃饭的时候,看到说"袁老身体不太好",默默吃得干干净净,对自己说"他一定会好起来的"。下午的时候,看到央视发了,那一刻,泪一下子下来了。一个大男生,看到长沙市民泪送袁隆平爷爷,哭得没声,就一直流眼泪。袁爷爷,好想你啊,我晚饭吃得很难受……

讲述者 | 寻

13时07分我还在班里写作业，正打算在桌子上小睡一会，窗外不知怎么的起风了，蒙眬中听得电闪雷鸣，待到醒来已是瓢泼大雨。下午听到袁隆平逝世的消息，脑海第一时间飘过的是碗热乎乎的白米饭，因为，他和白米饭一样的亲切啊！

讲述者 | 狐小宇

不知为何，看到有关他逝世的每一条信息，我的眼泪就止不住地向下流。原来，他不只是个名字，原来，他早就随着我吃的一粒粒米饭走到了我的心里。

讲述者 | 小杰

弥留之际，华夏大地万户千家传来午饭的香气。

一个声音说道：袁老，该走了。

袁老说：再给我点时间，等孩子们把午饭安心吃完吧。

讲述者 | 压轴题掉头发

"吃饱了吗？"一个慈祥的声音传来。"嗯，我每天都吃这么饱呢！"我下意识说道。"吃饱了就好，吃饱了就好啊……"声音越来越远。

"你怎么哭了？"

"我也不知道，我看到他戴着草帽，弯着腰，对了，他还冲我笑，问我吃饱了吗……"

讲述者 | i 亚

今天中午，我有把饭好好吃完，没有留一粒米。爷爷你看到了吗？回来表扬一下我们这些好好吃饭的孩子好不好？

"我好像和他有一面之缘
——在课本上，在饭桌上，在稻田，在人间。"

讲述者 | 李宁

我在田埂上坐了一下午，看着我的秧苗，我流泪了！

袁老，向您报告，今年水稻长势喜人，也相信一年会比一年好！

讲述者 | Li

记得有一年，袁老到我们商厦买西服，选了一套一百多元的买走了（服务员看到他，介绍那些高级西服，他却不要）。没几天，在电视里就看见他穿着这套西服，之后还有几次新闻报道他都是这一身。

讲述者 | 风辕

在湖南上大学的四年，无论是学校食堂还是外面小餐馆，米饭都是免费的。那种可以放开了往饱里吃的感觉很好，再穷也不至于挨饿。

讲述者丨LPiuan

突然想起以前参加的考试，考题里但凡有问：杂交水稻之父是谁？不看选项都知道答案。这种题一直以来没有做错过，"袁隆平"这个名字从第一次接触，就已经牢记于心。

讲述者丨66

作为备考公务员面试的青年，总是喜欢用袁爷爷举例子，题目中那些优良品格都与爷爷相关，都是真实写照。但日后再说起袁老，心里总会空落落的。

讲述者丨Umbrella

我是位名副其实的"干饭人"，再美味的菜没有米饭我就感觉少了些许味道。我喜欢吃饭是因为，每当我难受的时候，饭总能把我的饥饿和悲伤一扫而光……我可爱的袁爷爷，谢谢你的大米，让我的世界添了很多开心。

讲述者丨七音

今天晚饭吃得泪流满面，几岁的女儿不明白为什么我那么难过，她永远不明白——小时候她妈妈一家在稻田里插着禾苗，收割着稻谷，晒着谷子，盼望着这些汗水浸泡过又被晒干脱了壳的大米，能多一些，多换取一顿猪肉、一个冰棍、一斤水果、一个学期的学费、一个新书包、一双新鞋、一套新衣服……

讲述者｜小草青青

　　和您不熟，却为您的离去号啕大哭，泪流满面！忆起儿时奶奶给我讲的20世纪60年代吃草根的心酸，想起爷爷当年因偷吃了"大食堂"的一碗饭丢了工作的痛楚，念起父亲去借粮度日而摔伤在漫水桥的无奈！因为有您，让痛楚成了往事。感恩有您，我们不再挨饿。禾下的习习凉风，是您灿烂的笑脸。稻田的阵阵金浪，是您守望的笑声。

讲述者｜安daytoy

　　我记得小时候，我们家的杂交水稻，换了很多品种。我爸爸每次都自豪地说，这是袁老研究出来的新品种，政府鼓励大面积试种，收成不好，会有补贴，不用担心。可是，哪有收成不好的时候。就是到了现在，他每年还是会种上一亩三分地，他说不能忘记那个乞讨都没有米饭的年代，要有存粮。

　　自从我的儿子出生以后，爸爸每年都从家里给我们寄粮食，他说新的品种，给我们尝尝。我们吃习惯了爸爸亲手种的，也从小教育孩子，谁知盘中餐，粒粒皆辛苦。你有今天不缺粮食的年代，那是有人在八九十岁的年纪还下田研究水稻；那是袁爷爷

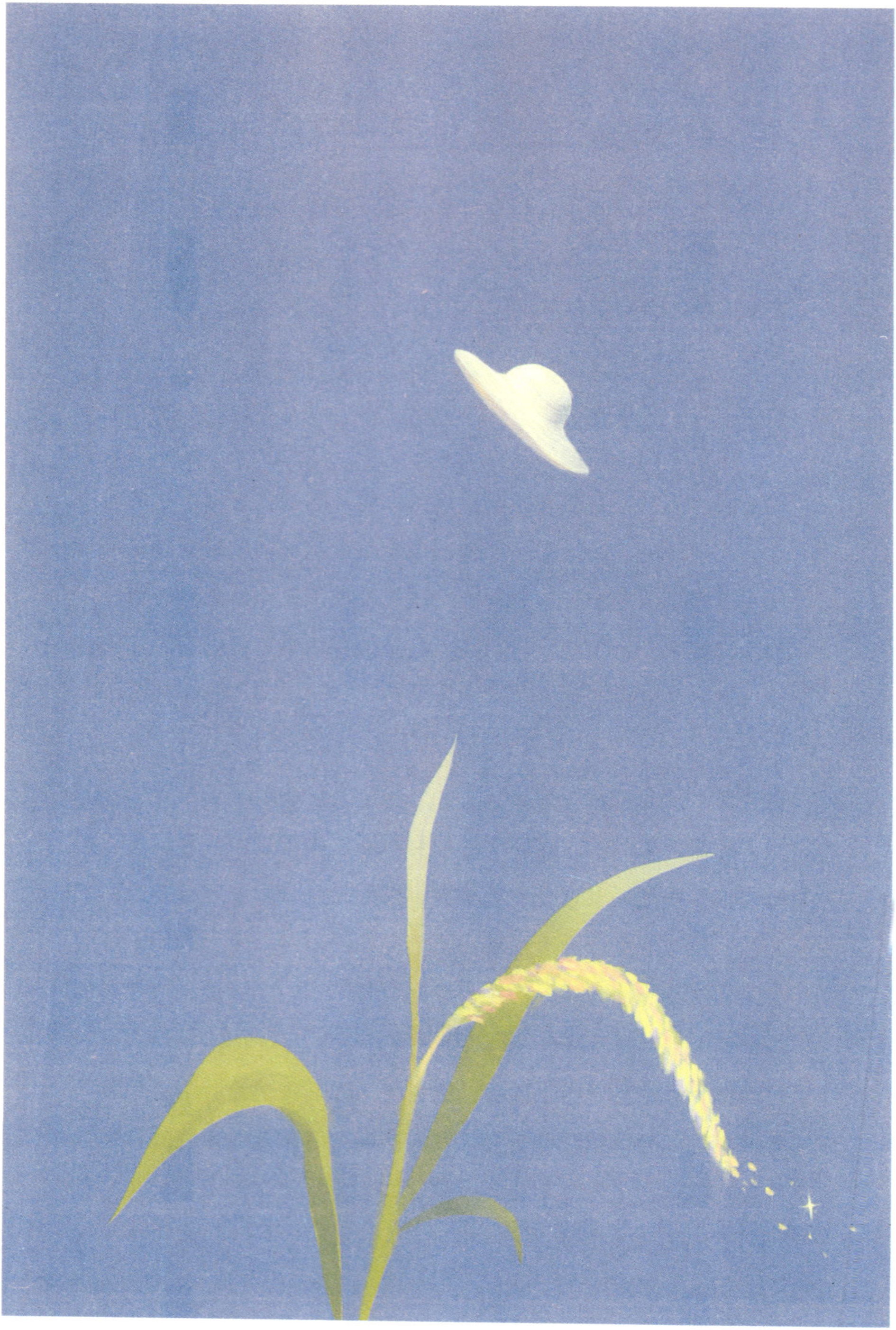

"闲不住"的人生。

讲述者 | 橘子啊邱

  此生有幸见过袁老两次，2016年校庆，2017年学术大会，依稀记得两次袁老都穿着同一件格子衬衫，脸上洋溢着朴实随和的笑容。

  还记得校庆时，大礼堂台下年过半百的老爷爷给袁老写信，抬头一句"袁隆平学长"，表达了我们对袁老最真挚的问候。隆平学长，今天的白米饭格外香甜，我吃了两大碗。请学长放心，以后我们都会珍惜粮食、好好吃饭。西大（指袁隆平母校西南大学）蓝花楹又开，您一直都在。

你永远改变了我的星轨
——"我们无法抵御浪潮，但会永远记得灯塔。"

讲述者 | 樊光辉

  昨天一天心情跟着波动，致敬之外，我能做些什么？

  1. 不浪费粮食，每餐不剩饭，宁少勿多。

  2. 实心做事，针对某些问题，可以像袁老一样坚定地说"不可能了"。

  3. 关心父母，勿留遗憾。

讲述者 | 陈诺茵

下次想浪费的时候,请想想袁爷爷。

讲述者 | Nan

00后,高三学生,在教室里忍不住掉眼泪。桌上的书还摊开着,在植物激素那页,我刚刚看过的句子是,促进果实发育,这本书下面的那一本,有关杂交水稻的资料还有袁爷爷的照片,早上还抄录了关于袁爷爷的素材……

我开始思考高考的意义、学习知识的意义,其中一点或许就是让更多的人成为照亮共和国光明前程的星辰。

讲述者 | 思华年

我现在大概明白:作为我们这一代,读书真正的意义不在于搞钱,变成富婆。而在于从书中获得一份情感,获得一种价值。就好像我们这一代只有学习历史,才能从历史的字里行间感受到饥饿的痛苦,才知道在杂交水稻被培育出来之前,人们是如何忍受着饥肠辘辘,如何看着周围生生饿死的人。如此,也才能感受到那位伟大的中国拓荒者创造了怎样的奇迹。

讲述者 | 做一个不被欲望控制的自由人

今年我26岁,一个很普通的人。从小衣食无忧,对于理想、奋斗、信仰没有一点概念,上课学习普普通通,考上大学也过得浑浑噩噩，以至于我还在为未来担忧着，过得没有理想和信仰，不知道我会不会碌碌无为一辈子？很突然，我不知何时，从哪件事找到了我的信仰，我看到志愿军烈士回国，我会心怀敬畏；我看到消防员救山火牺牲时，我会热泪盈眶；我看到边防战士戍边流血时，我会心情激愤；看到袁老、吴老去世，我会潸然泪下。我突然发现，找到未来和信仰很简单……它一直存在我们的身边，这些人这些事无时无刻不在告诉我们理想和信仰是什么。

我们的民族能够延续，英雄不断涌现，我想最难能可贵的就是许多像袁老这样的无双国士，在我们心里种下了一粒种子。这颗种子生根发芽，我们又通过自己的努力让我们的下一代禾下乘凉，不断延续。从周总理为中华崛起而读书，到袁老为天下人吃饱饭而奋斗，这都是理想信仰的延续，也是袁老永在的原因。做一个为心中理想而奋斗学习的中国人，共勉！

讲述者｜铲屎专业优秀毕业生

他一定无憾，也必定骄傲。他没有枉过一生。他完成了属于自己的历史使命，也因此受到了应有的赞誉和爱戴。他应当是安宁的。他彻底解决了自己领域里的难题，他知道从此以后即使没有他，也不必再为饥饿担惊受怕。

为他骄傲，记住他，找到我们自己的历史使命，然后学着他的样子，尽全力去完成它。

讲述者丨浅尝辄止w

"一鲸落,万物生",他以凡人之躯比肩神明,最终又将躯体归还于大地,滋养万物,生生不息。

你的传奇,我们一代代传
——以后每一年的"稻花香里说丰年"都是您

讲述者丨媛媛

儿子:袁隆平是谁?

我:他是让我们能吃饱饭的人。

儿子哭着说:他没有了,我们是不是以后就吃不饱了?

我:不会,因为袁爷爷说了,我们不可能再有吃不饱的时代了。

讲述者丨莎拉酱

孩子不明白"走了"是什么意思,我说"走了"就是去另一个世界了。孩子想了一会儿,问我,妈妈,袁爷爷是不是去另一个世界,让那个世界的人吃饱饭呢?

讲述者丨徐三三

以后每次教古诗,稻花香里说丰年,都一定要和学生说起您。

在美好祈愿与无尽思念的稻海里，您微微埋身。待稻谷漫过您拱起的身躯，您在稻浪里挺直脊梁，淡淡一笑。每端起沉甸甸的碗筷，总会想起培稻的那位"年轻"而可爱的老先生，这会儿也许正哼着小曲在禾下乘凉，自由自在，散漫而怡然。谢谢您，袁爷爷！

讲述者｜'L

　　袁老一路走好，每一户炊烟袅袅升起的时候，都将向天上带去一份来自人间的思念。

讲述者｜简化的复杂

　　"中国有位袁隆平"，这将是——无论谁说起来都会不自觉感到骄傲的一句话。

不老传奇，传奇一生

当你抬头仰望那无尽的蓝，会不会也有一股自豪感油然而生：在我们头顶之上，在我们中国人自己的空间站里，我们自家的航天员正在作业……连杨利伟都感叹："这个'家'太大了，太羡慕他们了。"

是啊！中国航天事业今非昔比，而每每回忆这筚路蓝缕的征程，都绕不开这样一个人。他是杰出科学家，美国人称他"一个人抵得上5个海军陆战师"；他是中国航天事业奠基人，是科学家群体中以身报国的传奇人物——钱学森。

三次选择

钱学森曾说："我的父亲是我第一个老师。"

父亲钱均夫给钱学森花钱买书毫不吝啬，并坚持亲自为儿子挑选图书、画报。钱学森行将离开祖国前往美国求学时，父亲送给他的礼物是一大箱"中华文化丛书"。

钱学森3岁时，因为父亲工作调动，举家从杭州迁居北京。当时钱家的四合院附近住着许多穷困人家。钱母乐善好施,力所能及地帮助这些邻居。钱学森说:"我的母亲是个通过自己的模范行为引导孩子行善事的母亲。"

念小学时,钱学森就已经对科学表现出了一定的天赋,他叠的纸飞机比同学们的飞得又稳又远。钱学森的同学张维回忆:"钱学森叠飞机叠得非常精细,让机身严格对称,折痕又光又平。从这里就能看出,尽管年纪还小,要做什么事的时候,他已经习惯于周密思索,用科学办法达成目的。"

1923年到1929年,钱学森在北京师范大学附属中学念书,当时的校长林砺儒实施了一套以提高学生智力为目标的教学方法,启发学生学习的兴趣和自觉性。钱学森回忆,他和同学们临考前不开夜车,不死读书,只求真正掌握和理解所学的知识。

钱学森曾亲笔写下一份珍贵文件,回忆一生中给予他深刻影响的人,总共17位。除了父母和毛泽东、周恩来、聂荣臻5位外,其余12人都是他的老师。报考大学前夕,他的中学数学老师认为他数学好,应报考数学系;国文老师认为他文章写得好,应报考中文系;美术老师则认为钱学森在艺术上有天赋,建议他学画画。此时,钱学森做出选择:学铁道工程,学造火车头。1929年,钱学森考取了上海交通大学工程机械学院。

1930年暑假,钱学森因为染上伤寒,不得不选择休学一年,在杭州养病。这一年,父亲聘请了一位画家,教钱学森画国画。钱学森很快掌握了国画技巧。后来,在大学临近毕业时,钱学森

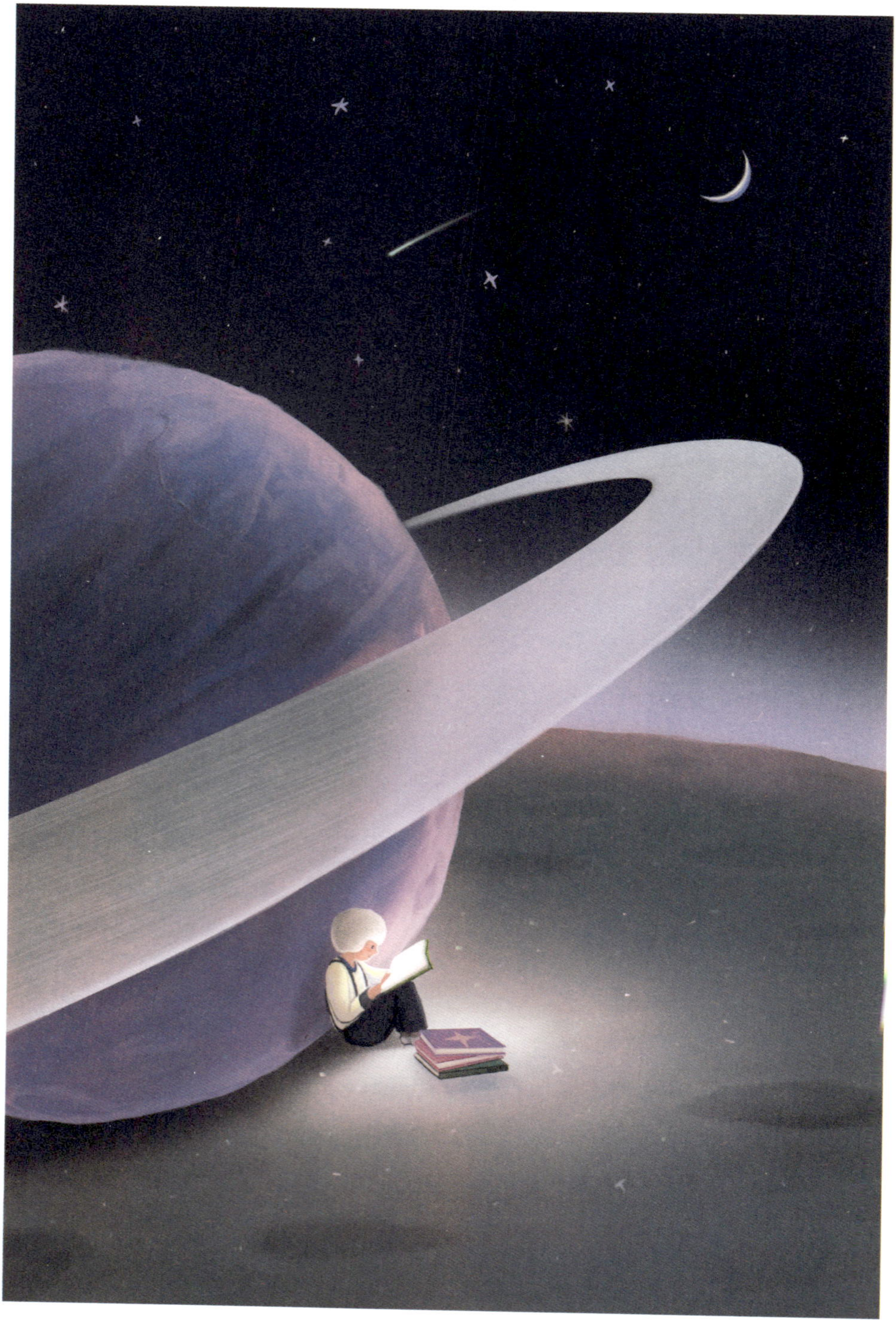

所在的1934级级徽以及校友通讯录封面，都是他设计的。

除了作画，钱学森还以音乐为友。他在大学同学动员下加入铜管乐队，当时每天要花半小时练习圆号。有一次钱学森得到一笔奖学金，而他第一反应是到上海南京路买一张《音乐会圆舞曲》唱片。

除兴趣爱好外，钱学森在班里的成绩始终名列前茅。他非常尊敬教工程热力学的陈世英教授，陈教授有一次把钱学森应该得100分的热力学考卷批了99分。他对钱学森说，之所以这样打分，是因为钱学森成绩一直非常优异，为了防止他自满，没给100分。钱学森明白原委后，非常感谢老师。

然而，这样的故事也有过相反的小插曲。1933年6月的一次水利学考试后，任课老师金悫教授宣布钱学森拿了满分。但钱学森拿到试卷后，发现了自己的一处笔误被教授疏漏了。他毫不犹豫地举手说："报告老师，我不是满分！"金教授看了试卷点了点头，把试卷改成96分，但他说："钱学森同学实事求是、严格要求自己的学习态度，在我心目中是满分。"

就在钱学森奋发学习的时候，中国大地也逐渐进入了最为动荡的岁月。1932年，一·二八事变发生，日军飞机对上海狂轰滥炸，目睹着天空中肆虐的日军飞机，钱学森做出人生的第二次选择：改学航空工程，学造飞机。他利用课余时间阅读航空方面的书，还发表了多篇关于航空的文章。最终，钱学森考取了清华大学庚款留美公费生，专业是航空工程。

1935年8月，钱学森从上海乘船赴美国留学。在麻省理工学院，钱学森在学习方面如鱼得水，但是他不能容忍美国同学瞧不起中国人的态度。他对同学说："中国现在是比你们美国落后，但作为个人，你们谁敢和我比试？"期末考试时，有位教授出了一些难题，大部分同学做不出来，认为老师故意刁难学生。谁知他们来到教授办公室门前，看到门上贴着钱学森的试卷，卷面工工整整，试卷右上角有老师批阅的分数，一个大大的A后面还跟着三个+号。本想闹事的学生看着这份试卷目瞪口呆，从此对钱学森刮目相看。

1936年，钱学森获得航空工程硕士学位。在学习过程中，他发现当时航空工程的工作依据基本上是经验，很少有理论指导。他想，如果能掌握航空理论，并以此来指导航空工程，一定可以取得事半功倍的效果。于是，钱学森做出了人生的第三次选择：从做一名航空工程师，转为研究航空理论。他向加州理工学院提出入学申请，并成为世界著名力学家冯·卡门教授的博士生。

钱学森跟冯·卡门之间，曾因为对一个科学问题的见解不同而争论。有一次，师生之间因为对钱学森的一篇文章观点不一争辩起来，冯·卡门一气之下把文章扔到地上，两人不欢而散。第二天，冯·卡门在办公室见到钱学森时，给他鞠了一躬，并对钱学森说："我昨天一夜未睡，想了想，你是对的。"

1941年，钱学森在美国《航空科学学报》发表科研成果《柱壳轴压屈曲》一文，攻克了困扰航空界多年的难题。这篇文章仅有寥寥10页，极为简明，而钱学森在研究过程中仅编有页码的推导演算手稿就达800多页，其中有些计算数字精确到了小数点后8位。论文完成后，钱学森把手稿存放到纸袋里，并在纸袋外面写下了"Final（定稿）"字样。但他立刻想到，科学家对真理的探索永无止境。于是，他又写上"Nothing is final（永无止境）"。

归国之路

钱学森与妻子蒋英自幼相识，两家是世交。1947年回国探亲时，钱学森已经36岁，而此时的蒋英已成为签约歌手。他追求蒋英，没有甜言蜜语，也不懂送花，只是常常到蒋英家做客。钱学森对蒋英说："你跟我去美国吧！"蒋英问为什么，钱学森反反复复老是那一句话："现在就走，跟我去美国。"没说几次，蒋英就"投降"了。

1947年对于钱学森来说，是双喜临门的一年：他晋升为麻省理工学院的正教授，终身教授；而且在这一年，他和蒋英结婚了。

1949年，中华人民共和国宣告成立的喜讯传到美国后，钱学森和夫人蒋英便商量着早日赶回祖国。然而，美国却以各种方式阻挠他回国，钱学森被迫参加了一场接一场的听证会。当时的美国海军部副部长放出狠话："他知道所有美国导弹工程的秘密，一个钱学森抵得上五个海军陆战师。宁可把这个家伙给枪毙了，也不能放他回中国去！"

钱学森在美国的听证记录：

问：你效忠谁？

钱学森：我效忠中国人民。

问：在本国和中国发生冲突时，你是否会为了美国而与中国作战？

钱学森：我现在不能回答这个问题。

问：你现在不能回答还是不愿回答这个问题？

钱学森：我现在可以回答这个问题，我的回答如下，我已说过我必然效忠中国人民，对此是毫无疑问的。

问：但是你将先做决定？你将决定它是否是为了中国人民的利益？

钱学森：是的，我将做这样的决定。

问：你不会允许美国政府为你做决定？

钱学森：不，绝不会。

1950年9月,钱学森遭到美国司法部的无理拘禁。15天的非人折磨使钱学森瘦了15公斤,还暂时失去了语言能力。紧接着,便是长达五年的软禁。直到后来,他拿香烟纸发出求助信,周恩来总理过问后才得以脱身。

1954年,钱学森在被美国政府软禁期间写成的专著《工程控制论》出版后在科学界引起了强烈反响。《科学美国人》杂志希望做专题报道,并将钱学森的名字列入美国科学团体。这个想法被钱学森回信拒绝,并在信中写明了一句话:"我是一名中国科学家。"

1955年9月17日,钱学森一家来到洛杉矶港口,等待登上回国的邮轮。码头上挤满记者,记者追问钱学森是否还打算回美国。钱学森回答说:"我不会再回来,我没有理由再回来,这是我想了很长时间的决定。今后我打算尽我最大的努力帮助中国人民建设自己的国家,以便他们能过上有尊严的幸福生活。"

归国之路是雀跃的,但也是提心吊胆的。怕美方不肯善罢甘休,数十天的航行,钱学森与家人甚至不敢在中途下船透气。钱学森的儿子钱永刚回忆,当时妈妈已经和爸爸商量好,一有枪响,妈妈就往爸爸身上扑,去保护他。听闻这生死约定,我们才知,在那个年代,在那种境地之下,尚有一种爱情叫"你去报国,我替你死"。

1955年10月28日,钱学森一家抵达北京。第二天清早,钱学森带着妻子和两个孩子去了他日夜想念的天安门。站在天安门广场,面对高高飘扬的五星红旗,钱学森感慨道:"我相信我一定能回到祖国,现在,我终于回来了!"

传奇一生

回国后,钱学森被安排在中国科学院工作,筹备建立力学研究所。有一次,陈赓大将问钱学森:"钱先生,我们中国人自己搞导弹行不行?"钱学森不假思索地回答道:"有什么不能的?外国人能造出来的,我们中国人同样能造出来。难道中国人比外国人矮一截不成?"

陈赓大将听了以后非常高兴,说:"好极了,就要你这句话。"

钱学森并没有料到,此后国家会把研制导弹、火箭的任务交给他,让他来做技术方面的负责人。国家的需要,使钱学森做出人生的第四次选择:从学术理论研究转向大型科研工程建设。就这样,在那个一穷二白的年代,一个个一飞冲天的奇迹,却如盛大的烟花连环绽放开来了。

回国以后的几十年里,不论是工作,还是休闲,钱学森经常穿着一身简朴的蓝色卡其上装和军便裤,从美国带回来的西装则送给了身边的工作人员。直到20世纪80年代,钱学森受组织委派赴外访问,才临时定做了一身中山装。

钱学森一生中多次捐赠稿费、讲课费和奖金,最大的一笔为100万元。在中国科学技术大学力学系任教时,钱学森为培养祖国的国防科技人才而悉心授教。20世纪的50年代末、60年代初,计算尺是力学系的同学上课时应该人手一把的工具,但因为价格比较贵,许多同学买不起。钱学森拿出他获得中科院科学奖金一等奖的一万多元钱，让学校教务人员给每位学生配一把计算尺。

除了对学生慷慨解囊，酒泉卫星发射基地一位新战士，也曾因一件"小事"受到钱学森的表扬。1966年"两弹结合"试验前，这位战士在进行弹体内外观察时，发现弹体内部24号插头第5接点里有一根大约5毫米长的小白毛，担心因此造成通电接触不良，他用镊子夹、细铁丝挑，都未能取出小白毛，最后用一根猪鬃才把它挑出来。钱学森知道后，极为赞赏，小心翼翼地把这根小白毛包好，带回北京作为作风严谨的典型案例，教育全体航天科技人员。

很多人并不知道，"航天"一词正是由钱学森首创。我们国家为什么有航天员一词？这是一种专业称呼，也是一种文化传承。钱学森认为，在相当长的时间内，人类的宇宙航行活动只能局限在太阳系内，"宇宙航行"不免夸大，同时受到毛主席诗句"巡天遥看一千河"的启发，便将人类在大气层以外的飞行活动称为"航天"，这也是对"巡天"一词的延伸。"航天人""航天员"这些称呼便由此而来。

来看看钱学森的一些身份标签：

"两弹一星"元勋——由于钱学森回国效力，中国导弹、原子弹的研发至少向前推进了二十年！

"中国航天之父"——他是我国航天事业的奠基人。

"中国导弹之父""中国自动化控制之父""火箭之王"，中国科学院及中国工程院院士……

还有，这是他的一些"第一"：

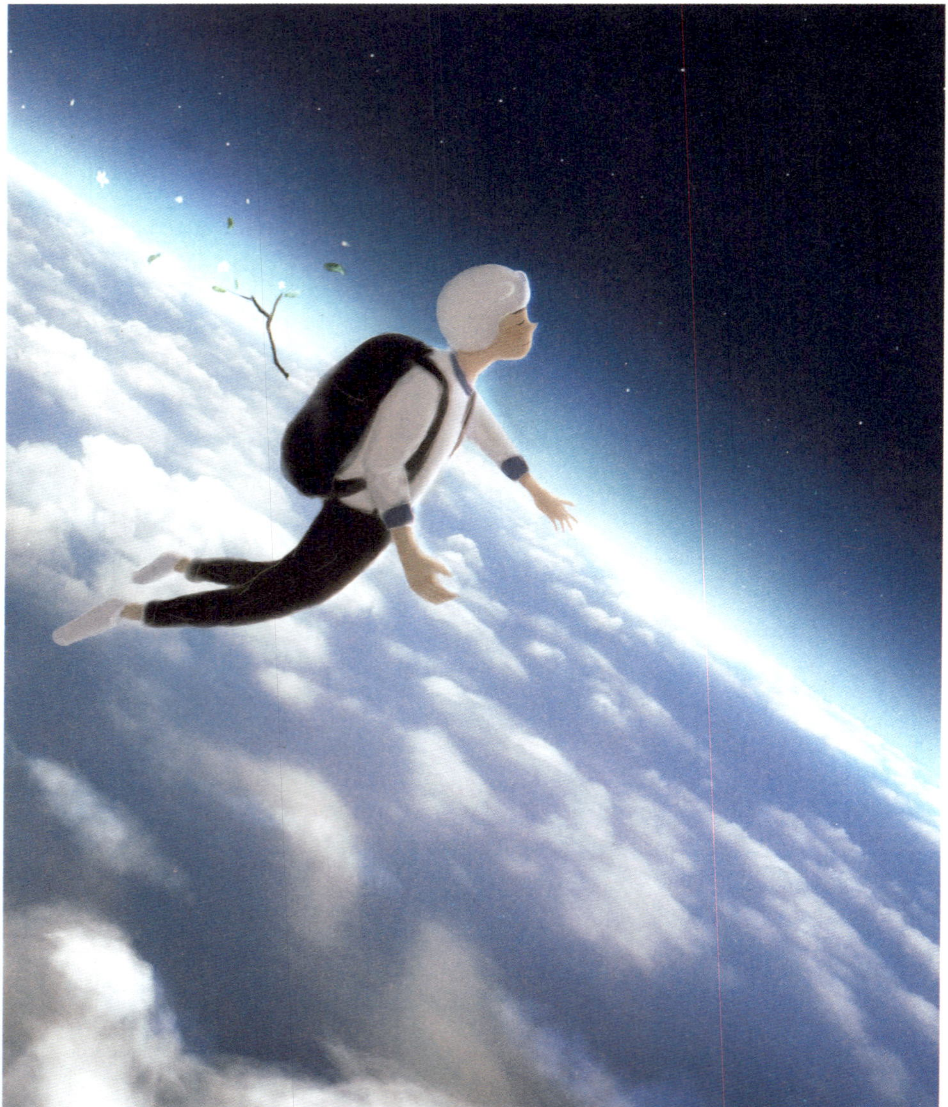

1956年，受命负责组建中国第一个火箭、导弹研究机构——国防部第五研究院。

1956年，设立空气动力研究室，组建了中国第一个空气动力学专业研究机构。中苏关系破裂后，面对苏联撕毁协定、撤走专家的困难局面，他带领科技人员艰苦奋斗，联合攻关，依靠我国自身力量，实现了导弹武器研制试验一系列重大突破。

1960年2月，指导设计的中国第一枚液体探空火箭发射成功。

1960年11月，协助聂荣臻成功组织了中国第一枚近程地地导弹发射试验。

1964年6月，作为发射场最高技术负责人，同现场总指挥张爱萍一起组织指挥了中国第一枚改进后的中近程地地导弹飞行试验。

1966年10月，作为技术总负责人，协助聂荣臻组织实施了中国首次导弹与原子弹"两弹结合"试验，把国防现代化建设向前推进了一大步。

1970年4月，牵头组织实施了中国第一颗人造地球卫星发射任务，成为新中国科技发展史上的一座重要里程碑。

1971年3月，组织完成"实践一号"卫星发射试验，首次获得中国空间环境探测数据，为中国研制应用卫星、通信卫星积累了经验。而这一年，钱学森已经60岁了。

1972年至1976年，领导设计制造了中国第一艘核动力潜艇。

1972年至1976年，指挥成功发射了中国第一颗返回式卫星，使我国成为继美国、苏联之后第三个掌握卫星回收技术的国家。

1980年5月、1982年10月、1984年4月，参与组织领导了中国洲际导弹第一次全程飞行、潜艇水下发射导弹和地球静止轨道试验通信卫星发射任务，为实现我国国防尖端技术的新突破建立了卓越功勋。

　　这些"第一"，无论哪一个写进生平，都是常人难以企及的称呼；无论哪一个冠在名前，都堪称国之脊梁，值得我们久久敬仰。

　　2003年，神舟五号发射，浩瀚的太空终于迎来了第一位中国人！92岁高龄的钱学森虽然卧榻，但注视着新闻报道，心中为这一切澎湃着。自神舟五号起，每一位从太空凯旋的航天员，都会特意前往钱老家中报到，向这位中国航天奠基人报告好消息。这个浪漫的、有情的"航天传统"一直延续到钱老去世。神舟七号成为钱老一生中看到的，最后一次中国载人航天任务。

　　这世界上有两种矿藏，一种是物质矿藏，很容易被用尽；另一种是精神矿藏，是无穷无尽的。

　　"你在一个晴朗的夏夜，望着繁密的闪闪群星，有一种可望而不可即的失望吧！我们真的如此可怜吗？不，绝不！我们必须征服宇宙。"

——钱学森写于24岁

本文参考资料：

《走近钱学森》，作者：叶永烈；《钱学森精神读本》，作者：钱永刚；等等。

一个不该如此冷门的名字

王承书,你知道这个名字究竟意味着什么吗?

据说,大多数人会婉拒这个任务

假如国家决定交给你一项任务,具体做什么高度保密,暂时不能说,极大可能你数十年都不能回家几次,孩子再可爱,再想你都不行,更别谈什么逢年过节聚餐会友旅游。待遇嘛,挣不了什么钱,条件有点艰苦,极大可能要放弃优渥生活,到离"舒适圈"很远很远的地方。

还有,如果你已经在自己的圈子小有所成,抱歉了,也请尽快放下心头热爱,摘下业已取得的一切光环,做好隐姓埋名、坐冷板凳的准备。能肯定告诉你的唯有:国家确实需要你。你,愿意接受这项任务吗?而且,就算其间做了再大的贡献,你的名字、你的成就,数十年内也不会为世人知晓,你能接受吗?

这个在今天看来,近乎苛刻甚至有点疯狂的"国家任务",在当年得到的回应,是她的三个字——"我愿意"。

为此,她甘之如饴,无怨无悔,也是在她隐姓埋名三十年之后,我们才知道,中国第一颗原子弹爆炸还有一位女功臣,她叫王承书。

一位女性的倔强,以及她所能抵达的远方

1912年6月26日,王承书出生于上海一个富裕优渥的书香之家。与当时名媛小姐不同,因立志于改变中国物理学落后现状,在选择大学专业时,王承书果断报考燕京大学物理系。

如今的网络传她是"学神中的学神,天才中的天才",其实这不算夸张,她是以顶好的成绩被保送到燕京大学的。当年物理系只招收13名学生,她是唯一一个女生。1934年毕业时,拿的也是全系第一的成绩。两年后,修读完硕士,"过于优秀"的王承书凭实力留校任教。在现下,"女生不适合读理科"的论断尚不绝于耳,只能说,这一记刻板印象,王承书打破得相当漂亮。

1939年,王承书与同校物理系教授张文裕结为夫妻。战乱中,她随丈夫南下到了西南联大。这期间她得知美国密歇根大学设立了一笔奖学金,专门提供给亚洲有志留学的女青年,但已

婚妇女不能申请，不服气的王承书立即去信，坦陈了自己的情况，也表明了决心："女子能否干事业，绝不能靠婚配与否来裁定。"凭借着这份勇气和决心，最终，王承书被破格录取。

有相熟的朋友打趣道："王承书，张文裕又不是养不起你，你怎么一个人跑到美国去？"

王承书气呼呼地回答："我为什么要他养？我为什么不能自己念书、自己工作？"

她去得坚决，可在美国的生活却也苦得够呛。遭遇过歧视，面临过拮据，但她从未弯下过脊梁，落下过学问。博士论文答辩时，王承书提出了一个新观点，导师认为不对，连说三次"No"，而王承书对自己的研究和思考很有信心，也镇定地连答了三次"Yes"，接着做了详细的阐述，最终得到导师赞同。

她与导师、物理学权威乌伦贝克，还共同提出了一个轰动世界的观点，即以两人名字命名的"王承书—乌伦贝克方程"，这个在高空物理学和气体动力学极有价值的公式，至今仍被沿用。

有人说，如果王承书留在美国，拿诺贝尔奖是迟早的事。我们无法评价这种说法是否过誉，但她的确被冠以"中国的居里夫人"之称呼。可以确信的是，如果她当年留在美国，肯定是有"光明未来"的。然而她当时的选择是：不顾一切，回国。因为她觉得不能等人家把祖国建设好了再回去。

美方听说王承书要回国，立即派特务监视行踪，还对她非法传讯。她跟丈夫一边打包书刊笔记悄悄寄回国，一边锲而不舍地向美国政府递交回国申请。驳回来，又递交上去；再驳回来，再递交上去……终于在1956年，王承书得到解禁放行。

在王承书那里，不可能完全等于"不，可能"！44岁回到祖国的王承书，开启了风风火火冷冷清清搞事业模式。

国之脊梁，不负重托

在当年，看到"王承书"这三个字就万分安心万分有底气的人，钱三强绝对算一个。因为他向王承书发出了三次解国家燃眉之急的邀请，王承书的回答无一不是毫无条件的"我愿意"。

1958年，我国筹建了热核聚变研究室。聚变能被认为是人类最理想的清洁能源，也称"人造太阳"。当时这一技术在国内一片空白，对46岁专业已经定型的王承书而言，也是从未接触的陌生领域。接受钱三强邀请之后，王承书马上带领一些同志到苏联去学习。她的学生诸葛福分享了这样一件"学神"事迹：学习结束，在坐火车回国七天七夜的路途中，她把带回的资料全部翻译成中文，很快就出版了。而后钻研了两年，王承书成了中国热核聚变领域领军人物。

1961年3月，钱三强的第二次邀请来了。他希望王承书负责国家最高机密高浓铀的研制。那时，原子弹的研制已进入攻坚期，但核心燃料高浓铀研究却进展缓慢。高浓铀有多重要？如果将原子弹赋予生命，高浓铀就是其体内流动的血液。这是决定我国第一颗原子弹能否成功的关键所在。

面对钱三强的邀请，王承书曾说道："我改行比别人损失要小。既然都是从头做起，我为什么不可以？"然而这件事不能告诉家人，包括丈夫，不能再出席任何公开会议，不能再在学术刊物上发表任何论文，要放弃之前所有的成就。为了保密，王承书与她的名字，从这一年起销声匿迹。

这一年，王承书49岁。

1964年1月14日，王承书带领团队比原计划提前取得第一批高浓铀合格产品，为原子弹爆炸提供了最根本的燃料保证。1964年10月16日，中国第一颗原子弹爆炸成功。

而后，钱三强第三次找到她，希望她继续隐姓埋名从事核事业研究，并问她："有什么困难吗？"

"没有。"

"有什么话要带给先生和孩子？"

"也没有。"

"那你愿意继续在这工作吗？"

"我愿意。"

这一句"我愿意"的注脚，是王承书此后三十年如一日的坚守：耐得住寂寞，守得住初心，干得出勋绩。

甘居幽暗，努力不懈

1992年，王承书的丈夫张文裕因积劳成疾去世，她将自己与丈夫一生积蓄捐给"希望工程"，在西藏日喀则的萨迦县建起了一所"文裕小学"。

王承书很大方却也很抠门，晚年患白内障，医生建议她打10针进口药，当她听说每支药600元，幽默地说："你看，我这双眼睛还值6000元吗？"

被人挖苦"有福不会享，有钱不会花，有权不会用"的，是她；80岁还拿着放大镜一篇篇看学生论文的，是她；不爱说漂亮话，做的永远比说的多的，是她；为了搞科研，常年住在集体宿舍，顾不上丈夫幼子的，是她；一生以三次"我愿意"回应时代召唤、至死方休的，也是她。

这样的她，留下了这样一纸遗嘱：不要任何形式的丧事；个人书籍笔记全部留给科研工作；遗体不必火化，捐赠给医学研究或教学单位；所余积蓄，全部捐给"希望工程"。

1994年6月18日，王承书病逝，享年82岁。

读她的一生，不由自主会冒出一句"甘居幽暗而努力不懈"。

这是抗战时诗人冯至引里尔克的诗句来慰励国人的话。冯至写道："我们应该相信在那些不显著的地方，在不能蔽风雨的房屋里，还有青年，用些简陋的仪器一天不放松地工作着；在陋巷里还有中年人，他们承袭着中国好的方面的传统，在贫乏中每天都满足了社会对他提出的要求。他们工作而忍耐……真正为后来做积极准备的，正是这些不顾时代的艰虞，在幽暗处努力的人们。"

王承书这个名字，意味着"沉寂了三十年，不该再被遗忘"。

她的名字与她甘居幽暗而努力不懈的生平，今后值得被一遍遍提起——去怀念那些赫赫无名的人，去怀念一个峥嵘的时代和国之脊梁，去怀念隐于时代的每一分贡献每一寸心血；去鼓励被性别偏见束缚的你，去鼓励尚在追问人生意义的你，去鼓励此刻身处低谷却深信努力有意义的你。

本文参考资料：

央视新闻频道《王承书：一生的三次"我愿意"》；《有福不会享、有钱不会花、有权不会用，她一生为国奉献却鲜为人知》，《环球人物》；《中国妇女报》；中核集团。

不设限的人生，可以有多精彩

她投身天文事业七十载，是我国天文地球动力学的开拓者，也是中国首位女天文台台长，被誉为"北京时间之母"；

她在国际科学界享有盛誉，是国际天文联合会有史以来首位担任副主席的中国科学家，人们尊称她为"Madam Ye"；

她有一颗以她名字命名的小行星，虽然这颗小行星被她说成是"虚名""奇形八怪的东西，一点意思也没有"；

她在应聘时被告知"我们只招收一名男性"，直接提笔给台长写信，一口气附上五个"不应该不用我"的理由；

她在95岁高龄流利地做全英文演讲，鼓励女性打破"玻璃天花板"，直言：如果你想要什么，就去争取……

她是这篇文章的主角——天文学家、中国科学院院士、上海天文台原台长叶叔华。

不设年龄之限

95岁应该是一个什么样的年龄？功成身退，安享晚年……这些都是很好的，可叶叔华偏不。

年龄对她来说似乎并不是一个"该做什么，不该做什么"的限制，95岁的她只要不出去开会，依然每天来上海天文台上班，中午就在食堂吃，再打两个菜带回去当晚饭。在她看来，这种状态已经是人生的一部分。

《吾家吾国》节目主持人王宁见到她时，她刚从一个SKA的会议上下来。SKA指巨型射电望远镜阵列，也是迄今为止人类计划建造的最宏伟的天文观测设备之一。叶叔华是世界上最早认可SKA重要性的科学家，在她的推动下，上海正在建设SKA亚洲数据中心。

她希望能在太空放两个30米口径的射电望远镜。宇宙到底是怎么起源和进化的？银河系结构到底什么样？95岁的叶叔华还在追问。

一个年过九旬的老人仍然如此勤勉，除了对天文事业的孜孜追寻，更有为年青一代天文人的考虑。几年前，叶叔华曾在一个演讲里说："其实不是说'我想做什么事'，我只能说'92岁的我还能做什么'，我想给我们的年轻同志搭舞台，我们去敲锣打鼓摇旗呐喊，希望以后中国能在天文事业上，真正做出好项目来。"在她看来，年轻人是"没有开彩的彩票"，希望非常大，"中奖"的机会很多。

关于年老和年轻，有一句话是这么说的：变老并不是一个悲剧，只要头脑保持灵活，世界的景象仍然吸引着你，好奇心没有衰退，青年和老年之间并没有一道深渊。

叶叔华的人生似乎就是这句话最好的证明。

不设性别之限

两年前，叶叔华谈女性如何打破"玻璃天花板"的话题登上了热搜，她在演讲里讲道："如果你想要什么，就去争取。"这话也让许多网友深受鼓舞，他们说："这才是我们应该追的偶像。"

这段话之所以反响热烈，很重要的原因也许是它让大家看到了：一位95岁的女性用她一生的时间为她所钟爱的事业尽力争取，最大限度地突破了性别的天花板。

叶叔华坦言自己有时候是脾气很大的一个人，说到当年去紫金山天文台找工作的事情，她更是直言"气死了"，当时她和丈夫程极泰一起去，对方说只招一个男的。

"我当时真是生气死了，回去就写了一封信给台长，说你不该不请我，写了五个理由。"虽然后来仔细想了一下，觉得应该体谅对方的困难，但在她看来，"无论怎么难，你也不能说只招一个男的。"

后来，已经是天文台台长的她去法国访问，离别的时候，对方说为女天文台台长干杯。叶叔华听罢，"大言不惭"道："可能若干年后，女台长跟男台长会一样多。这个话虽然说得太早了一点，但确实有做得很好的女台长，而且越来越多，到你们这辈会更多。"

在叶叔华看来，女性想要获得尊重，首先要具备的品质应当是独立："你有一个思想，有一个向往的地方，有一个想要做的事。这个事不一定是学问，哪怕是扫地、洗碗，只要做得好，也可以受人尊敬。"

这大概也是叶叔华在国内外备受尊敬的原因。她的国际威望很高，其他国家的科学家尊称她为"Madam Ye"；上海天文台的同事则称她为"女中豪杰，我心中的偶像"。

叶叔华曾在一个采访里说："现在是一个女人可以涉足任何不同领域的时代，所以我想为什么在天文学界，女人不能成为重要的参与者之一。但不得不说，我们还有很长的路要走。"

但重要的是，因为越来越多叶叔华这样的女性，我们已经稳稳地走在了这条路上了。不是吗？

不设困难之限

说起天问一号、嫦娥探月、北斗卫星等这些工程，大家可能都听说过，但这背后的航天测控系统VLBI网可能很多人都不知道，如果没有这个测控系统的精确护航，这些探测器就像没了眼睛。这项技术，简而言之，就是把几个小的射电望远镜分别放在北京、乌鲁木齐、西安、昆明，联合起来达到一架横跨几千公里的超大望远镜的观测效果。

叶叔华最牛的地方正是她超常的远见："嫦娥一号"是2007年发射的，而在此之前的三十多年，20世纪70年代，叶叔华就开始苦心布局、积极推动并最终建起了VLBI，那个时候，几乎没有人理解这一切。要把这件事做成，难以想象需要多少韧劲和智慧。

事实上，这件事的困难，是叶叔华自己想起来都害怕的程度："我们平时用的设备也就十几厘米这么大（口径），你突然要25米，自己想想都害怕。"但彼时的叶叔华已经完全感到了技术革命时代的到来，如果还守着原来的东西的话，注定要被淘汰，她觉得非干不可。

为了做出口径25米的射电望远镜，叶叔华冒冒失失地跑到四机部，问能不能造25米的天线？对方头也不抬，说不行。叶叔华没办法，后退了一步站在那里。"当时想的申包胥哭秦庭，申包胥到秦国去请救兵，秦王不理他，他就站在那个朝廷上面哭了几天几夜，眼泪都哭干了，都哭出血了，后来秦王才答应他去救楚国。人家几天几夜都哭了，那你等一下就放弃了？"谈起当时的情境，叶叔华说道。

叶叔华不肯就此罢休，她又站了一刻钟，直接问道："我能不能见部长？"这个大胆的要求把对方也吓了一跳，但对方还是给安排了。等见了部长，部长很和气，听了叶叔华说的事情，一

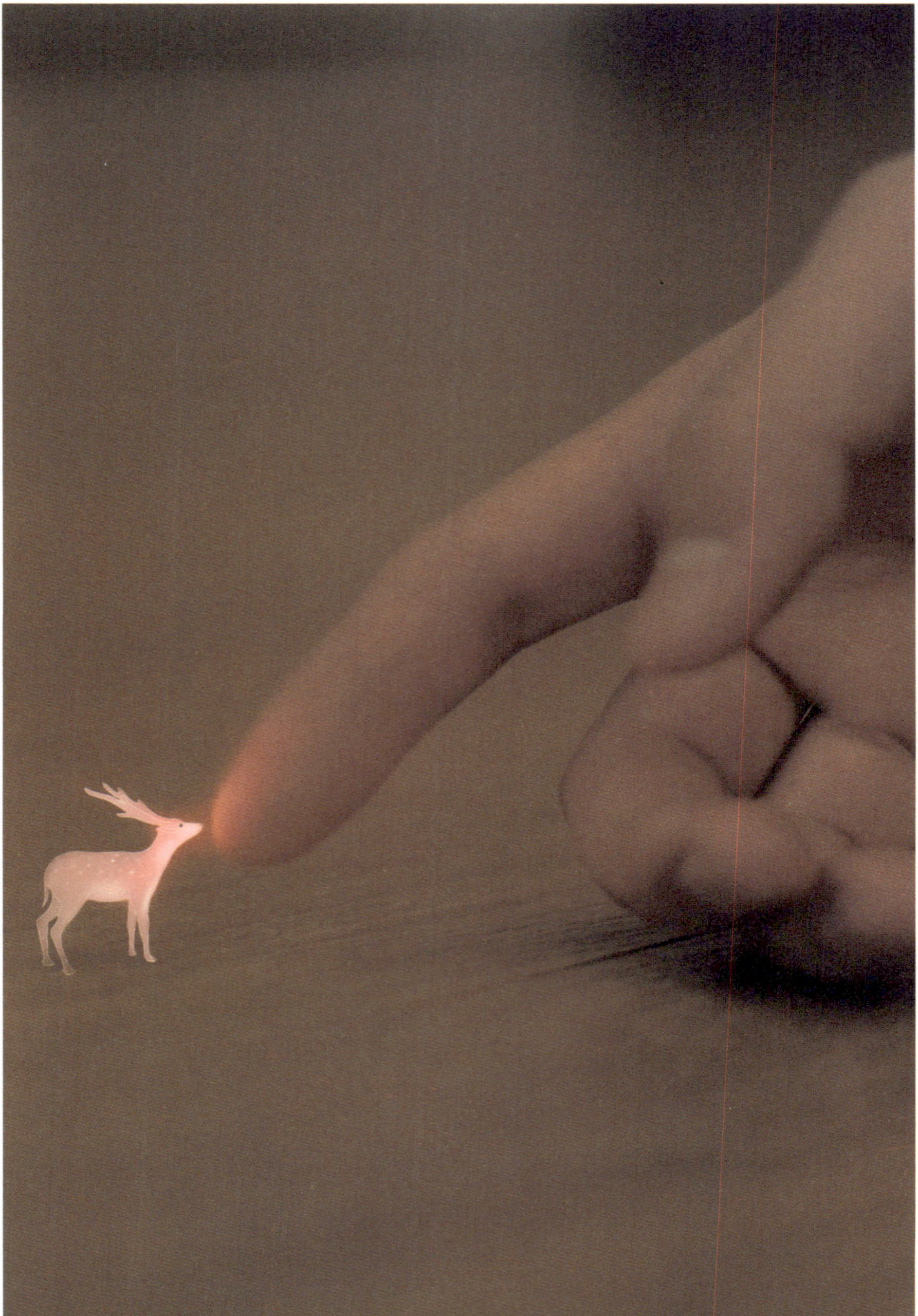

句话就答应了。

再回忆起这件事,叶叔华很感慨:"你做成一件事,关口很多,不顺的事情常常有,有时候我会觉得气'死'了,晚上躺在那里就觉得别干了,后来慢慢想想看,这是对国家有用的东西,你是不是尽力了?还有一些地方没跑到吧?所以第二天起来,又起来再想再跑。"

大概正是因为这样,上海天文台的同事才会说:"叶先生是个帅才,但是她又是个急先锋,万事开头难,开头都是她打天下。"

就这样,先是上海,再是昆明、乌鲁木齐等,叶叔华带领同事们一点点建立起了VLBI,为我国的航天事业做出了很大贡献。

不设自我之限

"八五"期间,国家提出了攀登计划,这是一个基础领域里的重大科学项目,牵涉四个部门,中国科学院、国家地震局、国家测绘局、总参测绘局,相当于团结了国内天文地球动力学的所有力量。当时大概给十个项目,但叶叔华知道的时候已经申请完了。

叶叔华那股不放弃的劲儿又上来了,她把章程拿过来一看:"我是完全适合的嘛,焉能没有我呢?"

在天文台搞地球动力学,质疑的声音很多,很多人说你天文台是干吗的?你是搞天还是搞地?但是叶叔华从来不跟人吵,她就是以理服人。

1994年，联合国教科文组织有个项目叫"空间技术的和平利用"，叶叔华一个人到北京开会，同时写了一个提案，"亚太地区天文地球动力学计划（即APSG计划）"。

第二年，国际大地测量与地球物理联会（IUGG）在美国召开，三四十位国际上有名的专家来听叶叔华的报告，很多人不相信，说这么大的计划你们能做吗？叶叔华的同事回忆起这一段，直言："她是标准的舌战群儒，每个人的问题她一一回答。"

后来，国际大地测量学会做出决议，决议推进中国提出的APSG计划，并且推荐叶叔华当这个计划的主席，很多国家都参与进来。要知道，当时由中国科学家领头的国际合作项目还寥寥无几。

这个激动人心的故事背后，却有一个让叶叔华心怀愧疚的"小插曲"，参加会议前，叶叔华的丈夫骑车摔了，当时没有其他看护的人，但这个会四年才开一次，重要性不言而喻，最终她还是在丈夫开刀三天后就出发了。回想起来，她觉得自己"真是太过了"，但她也坦言，如果再来一次，恐怕也是一样的选择。

美国有一个天文台台长，用"执着"来评价叶叔华，他说她想做什么事情，就一定要办成。

但这个"一定办成"的"一定"是怎么来的呢？叶叔华有她自己的看法，她曾说："要办成一件事情，如果有百分之四十的可能性，但你不去努力的话，百分之四十就变成百分之二十，甚至百分之零，你就做不成了。但是你去努力的话，百分之四十的可能性就会变成百分之六十、八十，百分之百，最后完成。"

叶叔华正是带着这份心劲儿和坚持，一步步探索和拓展着她所热爱的天文事业。

如今，叶叔华已近百岁，提到她心心念念的天文梦想，依旧可以在她眼中看到光，一如她所热爱的星河。

（本文写于2022年初，文中叶老年龄以当时计。）

本文参考资料：
央视《吾家吾国》节目、主持人王宁手记、纪录片《星河一叶》、央视《开讲啦》节目、叶叔华公开演讲等。

北京大学里的奇女子

我们以文章主人公乐黛云之名，祝愿每一位读者：所言如弦乐耐听，所行如黛色沉潜，所历如云霞多姿。

奇女子是谁？

中国比较文学学科的拓荒者，北京大学中文系教授，是承载她一生热爱和追求的称谓。90多岁的先生，是昭示她从历史深处走来的生命长度与厚度。

季羡林则用"奇女子"来形容她："她依然是坦诚率真，近乎天真；做事仍然是大刀阔斧，决不忸忸怩怩，决不搞小动作……一领青衿，十年板凳冷，一待就是一生。我觉得，在当前的中国所最需要的正是这一点精神，这一点骨气。"

奇女子，"奇"在数十年如一日低调

对于《吾家吾国》主持人王宁来说，能够采访到乐黛云先生，倍感荣幸。如她的很多媒体同行一样，王宁在乐先生这里也是吃了"闭门羹"的。不过，为了让乐先生接受采访，她前后花了两个多月时间，诚心发出的邀约文字，已经可以写成短篇小说了。

在学术界，乐黛云可是出了名的深居简出，沉潜之道就是她数十年不变的为人原则，所以乐先生非常低调，拒绝了许多报道采访。

奇女子，"奇"在阅历宝贵得出奇

乐黛云的一生，与许多近现代文化名人照面，产生交集，随便取出一桩经历，都惹得今日文学青年钦羡。读她，也是在读昔日文人的风采与风骨。

比如，乐黛云在北大读书时，给她上课的有沈从文和废名。因为入学考试的一篇作文《小雨》，得到沈从文称赞"出自心灵之作"，她被直接从外文系调到了中文系。她说："沈先生从来都是一字一句地改我们的文章，得到先生的夸奖，就像过节一样，好几天都难以忘怀。"

再比如，乐黛云曾与季羡林、钱锺书共事，中国第一个比较文学学会成立时,季羡林任会长,钱锺书任顾问,乐黛云便是秘书长,她自称马前卒。在她眼中,季先生宽厚、仁爱而又重情,还怀着一颗天真的童心,可有时的举动,令人目瞪口呆:房门被反锁时,年近85岁的季先生想到的不是呼救救助,而是从近两米高的窗台上一跃而下,完成"自救奇迹"!

还有,她曾与经济学家、人口学家、北大老校长马寅初做了多年邻居,乐黛云说,最忘不了的是马校长对国家民族命运深切的关怀,他无时无刻不在思考着国力的贫弱和人民的穷苦。

可能很多人不知道,乐黛云的丈夫,就是举足轻重的哲学家汤一介。"哈佛三杰"之一(另外两位是吴宓、陈寅恪)、一代学术大师汤用彤,正是她的公公。

在乐黛云的印象里,汤老先生无论在任何境遇下都颇有儒家风范,总令她想起古人所说的"即之也温"的温润美玉。婆婆文雅美丽,特别爱国,抗美援朝时把自己存的金子和首饰全捐了出去。汤老先生夫妇对这个孝敬的儿媳很是疼爱,说她"心眼直,长相也有福气"。

奇女子,"奇"在自辟天地

乐黛云先生,"奇"在她置身群贤的亲历见闻,也"奇"在她自成传奇。

乐黛云参加过北大剧艺社和民舞社，因为学业等各项才能出色拔尖，当年毕业时差点担任北京市市长的秘书。19岁时，作为世界学生代表大会代表，访问红旗漫卷的苏联，那时的机缘使她可能成为一名外交官，不过，她还是选择了留在北大专心学术。

曾在高处起舞，也曾在谷底牧歌。十余年间，数次的下放劳动里，乐黛云当过猪倌、伙夫、赶驴人、打砖手。而她呢，每天赶着小猪，引吭高歌于山林；有条件时，便拿个小字典，背单词于田野。

"纵浪大化中，不喜亦不惧"——这是季羡林的座右铭，她亦达这般心境。始终不改的是一心向学，挚爱比较文学。

常言说"人到中年万事休"，而之于50岁的乐黛云，过往积累的文学云翳，正在促成一个磅礴多姿的晚霞，属于她的人生，也属于中国文学事业。那一年，在哈佛大学做访问学者期间，一门叫作"比较文学"的课程，让她对"昌明国粹，融化新知"有了更深的体悟，且触及灵魂。乐黛云最大的愿望成了，把美好的中国文学带到世界各地，让各国人民都能欣赏到优美的中国文化，进而了解中国。

行胜于言，乐黛云在前鸣锣开道，打扫场地，教书写书，研讨立规，自此，北京大学有了中国第一个比较文学研究机构；中国有了自己的比较文学学会；全国各高校有了一个又一个比较文学硕士、博士和博士后培养点；中国学者开始在国际比较文学学会中担任要职；中国比较文学成为整个人文研究中一个活跃和重

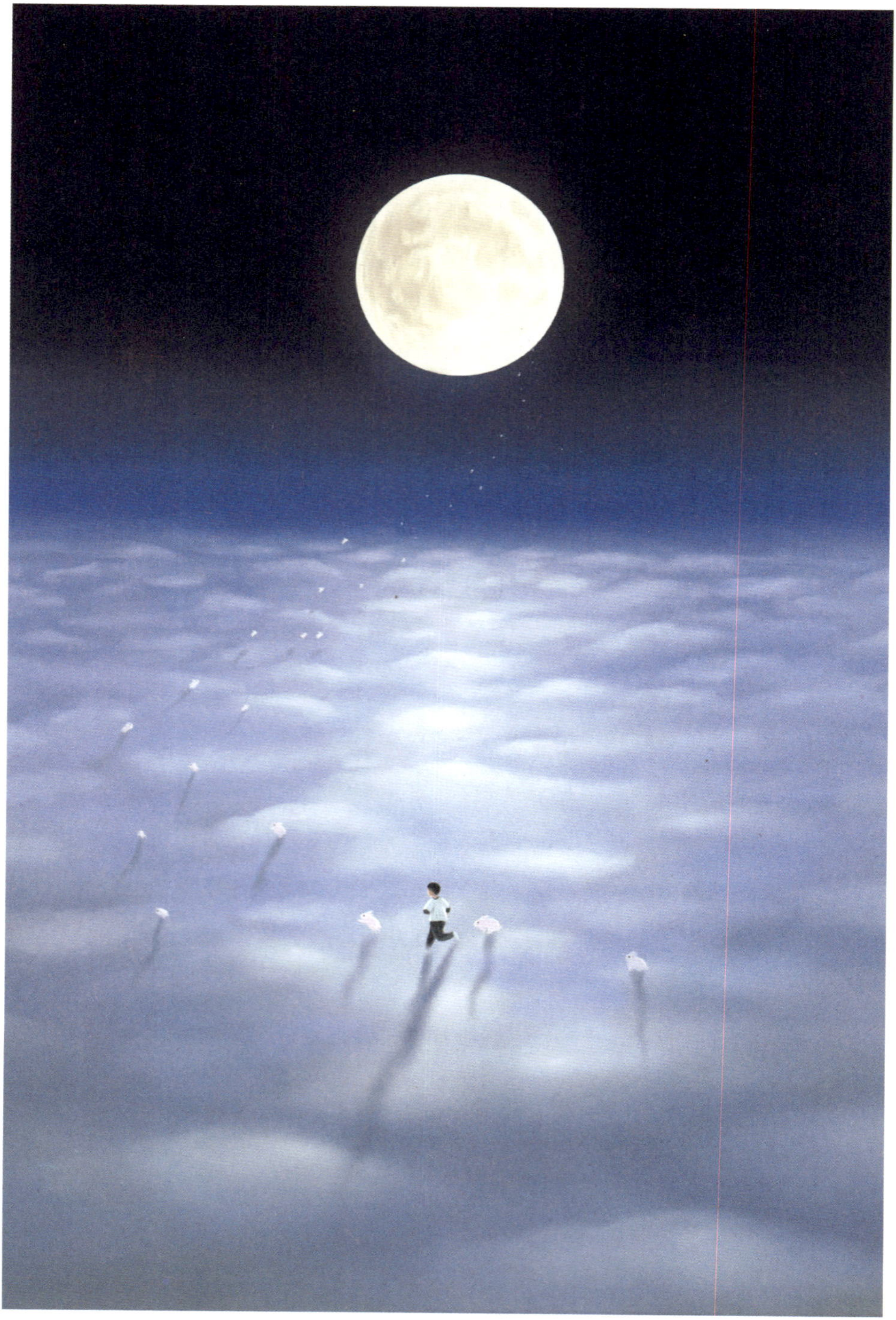

要的学科，在世界学科中逐渐有了影响力。

当下公认，比较文学，乐黛云"既开风气也为师"。

1952年，乐黛云与汤一介结婚。用她的话来说，未名湖畔多了两只始终同行的小鸟。

你能想象吗？无关物质与承诺，只关乎爱情本真：两人的定情信物是几根小草。乐黛云记得，那是春夏之交，日光暖融，含蓄的汤一介摘了几根小草放在她的口袋里。回忆起汤先生，乐黛云说道："他从来没有说过什么我爱你这类的话，可是这几棵小草已经很感动人了，至少是以心相许的那种感觉。"

汤先生老来忆及，还是动情："我非常欣赏她的原因，就是她对工作非常投入，做什么都充满激情。她那么动人，那么有激情。"

汤先生儒雅，乐先生直率，二人性格互补成趣，共同醉心学术，也曾大风大浪，也曾一荤一素。跟多数人的婚恋观有点不太一样，乐黛云分享的婚姻长长久久秘诀为："就是要保持差别，也不要想把差别抹了，两人都一样，那是做不到的，那样就没有差异了，没有特色了，没有差异的生活，特别没有味道。"

"特别有味道"地相濡以沫了六十载，2014年，汤先生辞世，未名湖畔神仙眷侣走散了。他们的爱情，相爱一生，还是太短。

北大中文系教授贺桂梅说，乐黛云是一代中国知识分子的象征，一代北大人的象征，也是一代中国女性的象征。

女性身上需要有什么样的特质，才能让她获得幸福呢？打历史洪涛中踏浪而来，带着宽厚的微笑，乐黛云轻柔地给女性的幸福下了一个最简朴的注解——独立。

"应该有自己的主张,你不要靠别人去生活。包括对孩子教育这些都是。"这是乐黛云给予中国女性的建议。她并不赞成传统的"男主外女主内",还是"共同主外,共同主内"比较合理。乐先生笑说,自己追求独立的性格像母亲,比较勇敢,比较刚毅。

是的,漫漫九十余年,她不曾以富家闺秀自骄,不曾以北大优等生自满,不曾因"季羡林的学生"自夸,不曾因"汤一介的爱人"自轻。她,只做了她,美好得如她的名字。

奇女子,奇在"格局"

《吾家吾国》节目主持人王宁这样分享了自己采访乐黛云之后的感想:

乐黛云先生给我最直观的震撼就是,她小身体里的大能量。

她一肩扛起国内和国际上比较文学的大旗,作为世界重要的贤者力量,呼吁不同文化的理解、共生,避免灾难性的文化、武装冲突。数十年来,潜心研究中国人的根与全球谱系的连接。

她思考的都是大问题:国民的内在凝聚力如何聚齐,又如何用世界听得懂的话,传播中国智慧,诉说文化自信。她不止发现问题,还力求把难题放在更广阔的天地里,寻求一个最接近正确的终点。

她关怀的都是小人物：用达济天下的仁爱拓宽知识分子批判意识的厚度，用不圆滑的共情、有棱角的练达包容个人命运和时代发展交融互错的宽度。

凝练奇女子乐黛云的人生，她，奇在不凡经历，奇在学问造诣，奇在过人观念，奇在通达真率，更奇在她作为一个女性、一个中国知识分子的"格局"。不囿于鸡毛蒜皮，不执于声名钱利，她以民族、国家、历史、世界这样的大格局来经纬自己的人生，立足点却具体而生动，所以，每一步走得动人，一步一步，走成传奇。

最后，借先生乐黛云之名，亦再次祝愿每一位读者：所言如弦乐耐听，所行如黛色沉潜，所历如云霞多姿。

本文参考资料：

央视《吾家吾国》节目；主持人王宁手记；《九十年沧桑：我的文学之路》，作者：乐黛云。

被遗忘的国家任务

"这是国家给我的任务,我来交稿。"

当年近八旬的老教授车洪才在时隔三十多年后,再次走进商务印书馆,已经没什么人知道国家还曾组织编写过一本《普什图语汉语词典》。没有经费、没有合同,只有口头协议,1978年,接下这个任务的车洪才自己也没想到,这一写就是36年。

36年间,他教过书、做过电台、管过函授、干过外交,而这项伴随时代变化、早已被人们淡忘的"国家使命"却始终是他心头的一块重石。十几万张词语卡片,五万个词条,70多岁的老人逐一编写、录入电脑,为此,他得过白内障,还曾眼角膜脱落。

2014年,这本多达两百多万字的词典终于印刷出版。虽然每千字的稿费只有八十元,但在车老看来,这本字典的价值与钱无关。

时隔36年的出版

2012年4月的一个早晨,年近80岁的车洪才独身一人乘坐公交车,从中国传媒大学的家中出发,经两次换乘,来到位于北京王府井的商务印书馆。

他上一次来这里，是在20世纪70年代，那时，他是来领《普什图语汉语词典》编写任务的。而这一次，他是带着完成的任务，来交稿的。

他并不知道自己该去找谁，编辑室里只有一位小姑娘，车洪才说明来意，说自己来出一本词典。小姑娘开始并没有在意，随口问了句出什么词典。车洪才说："普什图语的，阿富汗的词典。"

普什图语是阿富汗的官方语言，主要在阿富汗和巴基斯坦西北部使用，新中国成立以来学习这种语言的不到一百人，目前长期使用的也就三十多人，集中在中国国际广播电台、新华社、边防和海关等。

小姑娘可能也不知道这是什么语言，仍然坐着没动，问了句："有多少字？"

车洪才说："两百多万字。"

小姑娘立刻站了起来，说："您坐，我找我们主任去。"

外语辞书编辑室主任张文英接待了车洪才，她对车洪才所说的几十年前的"任务"并不清楚，但在看过车洪才带来的各种资料——词典的体例、词典的编写过程、编好的词典样章以及车洪才和另一位合编人张敏的简历后，张文英当即表示："车老师，这本词典我个人意见我们接了，但我个人说了不算，开会决定之后我们再通知您。"

车洪才走后,商务印书馆有关人员在档案室里花了很长时间,终于找到一份由国务院发布的、标题为《中外语文词典编写出版规划》的红头文件,标注的时间是1975年。

1975年,为了增加中国在联合国教科文组织的影响力,国务院召开的全国辞书工作会议决定,准备花十年时间出版160种中外语文词典,其中就包含《普什图语汉语词典》。之后,承办方商务印书馆把任务交给了中国国际广播电台,几经变化,又交给了借调到电台普什图语组的车洪才等人。那时候,是1978年。

从那时开始,车洪才的一生都和这本词典紧紧联系在了一起。

词典真正出版是在2014年,距离车洪才接手这个任务,已经过去了整整36年。这36年里发生了太多人事变迁,这本词典也渐渐被遗忘,只有车洪才,始终记得这项国家派给他的"任务",并称之为"终生之夙愿"。

那么,在这36年里,车洪才和这本词典,都经历了怎样的故事?

漫长而没有尽头的工作

1978年接到任务后,车洪才认为这是个非常光荣的事,这是国家给自己的任务,出国所学就是为了"这一天"。

车洪才很快在北京广播学院(后更名为中国传媒大学)一间

不大的办公室里开始了最初的编撰工作。同时参与编写的还包括他的助手——从河北文化馆抽调来的、他以前的学生宋强民,他们两人完全脱产编词典。老同学张敏则利用在国际台普什图语组工作的便利时常帮忙。

车洪才说,那时候的他们有一股冲劲,想要把这个事做好,并且乐观地认为词典会在两三年之内完成。然而,现实情况远没有这么简单。

编词典没有任何的经费,车洪才也从来没觉得应该有经费,因为在他看来,他已经领了工资,而编字典是工作的一部分,也是组织的任务。但编词典毕竟是要花钱的,当时编字典用的是卡片,买不起怎么办?助手宋强民找到了一家印刷厂,免费要来一些做封面裁剩的下脚料,请他们做成大小一致的词条卡。

但这项工作最考验人的还是烦琐和枯燥。车洪才和宋强民长时间地闷在办公室里,只能听见铅笔"沙沙"写字的声音。因为过度聚精会神,眼睛会很疼,就像针扎一样。碰到生僻的词语,有时候一上午也编不出几个,定不了,查不到。

车洪才觉得自己就像电影《李时珍》里的人物,在经历一个漫长而没有尽头的采药工作:"编词典的时候看着外面的楼一天天上去,我就在想我们这速度怎么上不来?"

车洪才的夫人学平女士去办公室,常常发现俩人默不作声地一个译单词,一个抄卡片,满屋子纸片堆得都快把人埋起来了。她从不敢打扰他们,因为有一次她拍了一下车洪才的肩膀,结果

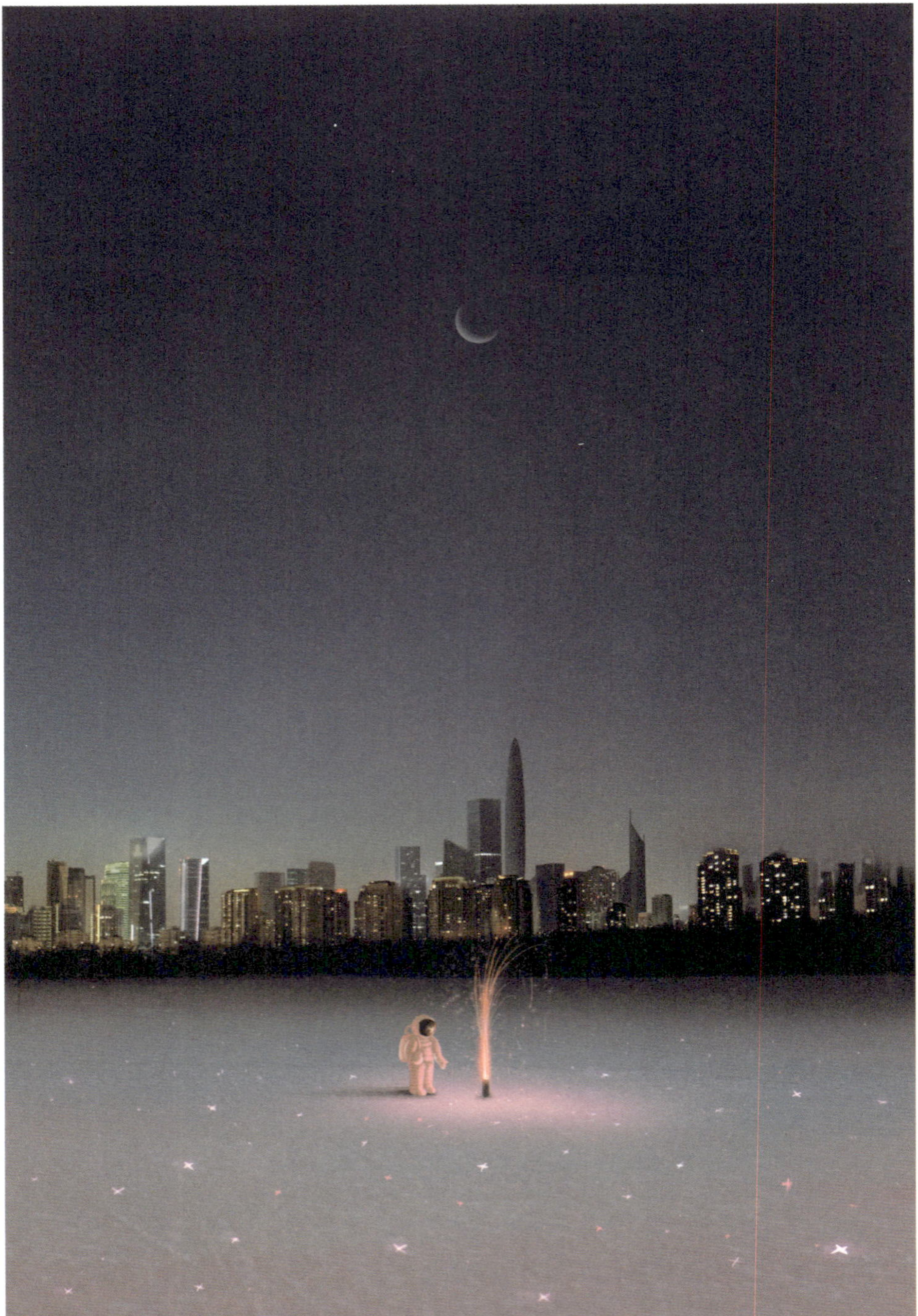

他像触了电一样抖了几下,太专注了。

被推着走的人生

1982年,车洪才和助手宋强民用四年时间整理出十万张卡片,完成了这本词典的70%,他们把卡片放在木制的卡片箱里,足足装了三十箱。

在这几年里,出版社变动巨大,再加上随即而来的工作调动,编写词典这件事就渐渐没了联系,出版社也忘了这回事。

他先是被学院安排"为新设的专业做全国调研",理由是"总该为院里做点事了吧"。调研回来已经是1984年的春节,他心想:这回该让我编词典了吧。结果他又被校方安排搞函授,这一搞,就是五年。

而后的人生,依然没有给车洪才静下来继续编写词典的机会:在他52岁那年,外交部向广播学院请求借调懂普什图语的车洪才去中国驻巴基斯坦大使馆,车洪才在那里一干又是三年多。

到了第四年,阿富汗突然内乱,局势异常紧张。中国使馆急需懂普什图语的工作人员参与协调,车洪才和妻子被直接从巴基斯坦调到了战火纷飞的阿富汗。

车洪才满心希望给词典搜集资料,但没几个月,阿富汗内战加剧,中国大使馆人员全部撤离。车洪才因为精通普什图语,被要求留馆观察坚守,直到第二年七月才最后一个离开。

在外人看来,这时候的车洪才已经转变工作成为外交官了,编词典的事也没人再提,正是丢掉这项枯燥任务的好机会。然而,对车洪才来说,调去外交部当外交官只是临时的工作,他说:"我从来没有想过把我的关系转到外交部。"他心心念念的仍然是把这一辈子要完成的这本词典完成。

任人生怎样变动,车洪才从来没有忘记自己的"初心"和"诺言"。

被遗忘的词典

回国之后,已经没有多少人还记得有一本《普什图语汉语词典》需要编写了。学院里的领导都已经更换了一批,没有人听他的汇报,商务印书馆也早已不再过问此事。在一般人看来,那些写满奇怪字符的卡片,和废纸无异。

曾有一次,外语系办公室搞装修,他锁在柜子里那些像宝贝一样的卡片被当成垃圾一样给清了出去,有的被丢在地上,有的被扔出窗外,下过雨的草地把纸条都沾湿了。车洪才当时感觉"一下就蒙了",他心痛地呵斥那两个工人:"这是我的辛勤劳动,我好几年才搞这点东西,你们这样毁东西,是犯罪啊懂不懂!"

这次事故,让卡片少了一百多张。而后,车洪才每周花两个半天，在家里补那些卡片，卡片并不好补，要一个个查原稿，直到现在，他还怀疑自己到底是不是补齐了。

后来，学院的普什图语专业停止招生，车洪才感觉无用武之地，守着那些卡片寂寞退休。

"9·11"事件前后，世界形势急速变化，中阿两国交往更加频繁，普什图语的需求更大，北京广播学院也恢复了对非通用语专业的招生，车洪才被请回去教授普什图语。

他偶尔会在课堂上提到那本没编完的词典，还有锁在箱子里的卡片，但因为忙于培养学生，编写字典的工作再次被搁置，他说："这批学生不培养不行，国际台那时候断档了。"

2008年，教了八年普什图语之后，车洪才终于把精力转到只有他自己还记得的那项"国家任务"上来，他叫上一起编过词典的张敏，作为共同的主编来完成这部词典。

外界并没有人要车洪才"捡"起这项任务，实际上，这项任务已经基本上被遗忘了，然而车洪才觉得不"捡"起来对不起自己："我那么多工作都做到了，而且我一直在挂念这个东西，现在要我轻易放弃，不可能的。"

然而，此时的出版业已经不同于几十年前，72岁的他勇敢地向自己挑战，他要把那些写在卡片上的内容输入电脑里。他的夫人说起他学习的状况，直言"很烦恼很烦恼，很揪心"，因为不熟悉电脑操作，车洪才常常看着字符在电脑屏幕上"砰砰砰"来回蹦来蹦去，乱七八糟的符号就出来了。

那段时间，在美国的儿子车然常常半夜接到车洪才的求助电话，多是关于电脑的，怎么查找、恢复文件等。车洪才笑称："因为学电脑，不知道受了他多少气。"

由于用眼过度，车洪才三年内，两次视网膜脱落，幸而救治及时才得以恢复。但每次做完手术没几天，他就又迫不及待坐到电脑前。就这样，经过漫长的摸索，用坏了三台电脑，70多岁的车洪才成了普什图语录入的专家。

到了2012年年初，词典全部的初稿已经基本完成，车洪才觉得，悬了三十多年的心终于落地了。然后，才是文章开头，他带着一沓资料走进商务印书馆的一幕。

根据签订的合同，车洪才编写的《普什图语汉语词典》的稿酬是每千字80元，按照250万字的体量来算，车洪才和另一位主编张敏总共可以获得20万元的稿酬。

36年，一部词典，20万元，值吗？

被问及这个问题，车洪才坚定地说："我从来没有拿稿酬来衡量这部词典的价值，我心里有底，我编的东西的分量我知道。"

车洪才在采访中分享过这样一段话，也许能很好地诠释他所坚持的这件事。"原来出版社有一个老前辈叫陈原，他有一句话：编写词典的工作不是人干的事。但他还有一句话：但是它是圣人干的事。我说咱们毕竟不是圣人，但是能够专心去干。"

2015年年初，车洪才入选"2014年度感动中国候选人物"。何以感动？感动于老一代知识分子对服务国家的坚毅纯粹，对个人理想和专业的朴素初心,以及对编词典这样一件"圣人干的事"长达36年的寂寞坚守。

也许车老先生说得对,他不是"圣人",也不是"神人",他只是一个有始有终、不忘初心的"守诺人"。

本文参考资料:

《面对面》节目;《国家任务》,《人物》,作者:王天挺;《感动中国》节目;《央视新闻周刊-岩松说》等。

后记

  我们想出这样一本书——

  告诉你我们所讶异的：为何文字，尤其是落在纸上的文字总是恒动人心。

  告诉你我们所乐此不疲的：记录的，是新闻中的鲜活与难忘；仰望的，是比肩星辰的人；着迷的，是取之不竭的中文之美；热爱的、心动的，是无数个名曰"人间值得"的时刻。

  告诉你我们所动容的：十年了，谢谢你，无问西东，无问芳华，把每晚睡前最柔软的时光交给了《夜读》。

  告诉你我们所如愿的：很幸运，我们与你，此刻共同拥有了这本书。当我们的目光为同一页文字而停留，虽未谋面，也算相遇。

  久违了，我的朋友！

央视新闻《夜读》团队

版权声明

本书亦有引用央视新闻《夜读》读者提供的内容，
如有读者对所引内容存有疑义，请及时与我们联系。

联系邮箱
yedu_cctv@126.com

上架建议：畅销·文学
ISBN 978-7-5155-2450-4

定价：59.80 元